# Radical N
# Radikal Nıyazı Bey

## Muzaffer İzgü

### English translations by Damian Croft

Milet

# Milet Publishing Ltd

6 North End Parade
London W14 OSJ
England

Email orders@milet.com
Web site www.milet.com

## *Radical Niyazi Bey*

First published in Great Britain in 2001 by
Milet Publishing Ltd
Copyright © Milet Publishing Ltd 2001

ISBN 1 84059 299 0

Published in co-operation with the
Haringey, Hackney and Islington Libraries
Turkish Community Readers Development Project,
which was funded by the DCMS / Wolfson
Public Libraries Challenge Fund

Printed and bound in Turkey by Remzi Kitabevi

 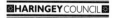

# Muzaffer İzgü

Muzaffer İzgü, Türkiye'nin en çok bilinen ve 90'ın üzerinde eseriyle en üretken yazarlarından biridir. Öykülerinin yanısıra, çocuk kitapları, tiyatro ve sinema eserleri bulunmaktadır. En sevilen eserlerinden biri olan Bando Takımı , Selamsız Bandosu adıyla sinemaya uyarlanmıştır. Öykülerinin çoğu mizah türündedir. Fakat Turkiye'nin gerçekleridir yazdıkları. Muzaffer İzgü, 1933 yılında Adana'da doğmuştur. Uzun yıllar öğretmenlik yapan yazar, bu görevi sırasında yazarlığı kadar saygı duyulan bir öğretmen olarak tanınmıştır.

## Damian Croft
Damian Croft 1966 yılında İngiltere'nin Preston şehrinde doğdu. Yüksek öğrenimini müzik üzerine yaptı. İngilizce öğretmeni olarak Ankara'ya gidene kadar Londra'da caz müzisyeni olarak çalıştı. Damian Croft'un Türkiye'ye olan tutkusu öğretmenlik yaptığı bu dönemde gelişti. İngilizce öğretmenliğine 1994 yılında döndüğü Londra'da devam etti. Türk toplumunun yoğun olduğu Haringey ve Enfield bölgelerinde çalışmış olması, Damian Croft'a Londra'daki Türklerle yakın temas kurma imkanı sağladı. Damian Croft, öğretmenlik ve çevirmenik yapmadığı zamanlarda roman yazıyor. 1996 yılında, Londra öykü yarışması ve 2000 yılında İslam yazarları yarışmasında ödüller aldı. Croft şu anda yaşadığı Sicilya'da bir roman yazıyor ve Ferhat ile Şirin üzerinde çalışmalar yapıyor

# Muzaffer İzgü

Muzaffer İzgü is one of Turkey's most popular and prolific writers, having authored over 90 books for adults and children, including the ever-popular *Bando Takımı*, as well as theatre plays and screenplays. His stories depict the realities of life in Turkey with sharp yet affectionate humour. His work has garnered numerous prizes. İzgü was born in Adana in 1933 and trained as a teacher. He was a teacher for decades and is respected as much for his excellence in this profession as for his writing.


## Damian Croft

Damian Croft was born in Preston, England in 1966. After a degree in music and several years working as a jazz musician in London, he went to work as an English teacher in Ankara, and it was there that he developed his lasting passion for Turkey. In 1994, he came back to London to work as an English teacher in Haringey and Enfield and developed close ties with the Turkish communities there. When not translating or teaching, Croft works as a writer of fiction. In 1996, he was one of the winners of the London short story competition, and in 2000 he was the overall winner of the Islamic writing competition. Croft now lives in Sicily where he is currently finishing a novel and researching a travel book on the Turkish legend of Ferhat and Şirin.

# Guide to Turkish Pronunciation

Turkish letters which appear in the English text and which may be unfamiliar are shown below, with a guide to their correct pronunciation:

c    as *j* in 'just'
ç    as *ch* in 'child'
ğ    silent, but lengthens preceding vowel
ı    as *a* in 'along'
ö    as German *ö* in Köln, or French *oe* in 'oeuf'
ş    as *sh* in 'ship'
ü    as German *ü* in 'fünf', or French *u* in 'tu'

# Radical Niyazi Bey
# Radikal Niyazi Bey

# Bir İngilizin Mektubu

Türkler gerçekten çok cesur insanlar. Ben onlar gibisini hiç görmedim. Orada İstanbul'da Ahmet isimli biriyle arkadaş oldum. Ahmet beni gezdirdi. Şayet yanımda Ahmet olmasaydı, ben hiçbir yeri gezemeyecektim. Çünkü biz korkağız, ama Türkler, ama Ahmet pek çok cesurlar.

Bir inşaatın yanından geçerken yukarıdaki usta malasını düşürdü. Mala benim omzumu, Ahmet'in kulağını sıyırarak ayağımızın dibine yuvarlandı. Ben nasıl korkmuşum, ben nasıl bağırmışım, ama Ahmet aşkolsun, ne bağırdı, ne bir şey söyledi, başını kaldırıp yukarıya bile bakmadı, yalnız:

Önemli değil mister, dedi, düşen mala, kalas olabilirdi. Keser düşebilirdi, ustanın kendisi düşebilirdi.

İnşaatlar hep açık, ama Ahmetler bu inşaatların altından, sanki parktaymış, çınar ağacının altından geçiyorlarmış gibi gidip geliyorlar. İçlerinde zerre denli korku yok.

# Letter from an Englishman

The Turks are really a nation of brave people. I've never seen anyone like them. While I was in Istanbul, I became friends with a chap called Ahmet who took it upon himself to show me around. In fact, if it hadn't been for Ahmet I wouldn't have seen anything. The English are a nation of cowards, but the Turks, and above all, Ahmet, are really brave people.

Once, while walking past a building site, a bricklayer's trowel fell on us. It whistled past my shoulder, grazed Ahmet's ear and landed at our feet. I was absolutely terrified and began to scream and shout. But brave old Ahmet didn't bat an eyelid. He didn't even look up to see where it had come from. He just turned to me and said:

"It's nothing to worry about, Mister – we're lucky it was only a trowel. It could've been a rafter, or an adze, or even the builder himself."

These building sites were always open and people such as Ahmet enjoyed wandering around beneath them as if they were strolling beneath the plane trees in the park. And they never showed a mote of fear.

Ay ben bir yer gördüm, şaştım kaldım. Dar attım kendimi dışarıya, bağırdım:

Mister Ahmet, Mister Ahmet çabuk çık! Canını kurtar!

Ahmet dışarı çıktı, benim korkudan dilim tutulmuştu.

Ne oldu? diye Ahmet sordu, sigara alacaktım bakkaldan.

Ay bakkal mı orası? diye sormuştum.

Bakkal ya, dedi.

Oysa ki Ahmet'in bakkal dükkânı dediği yer tabandan tavana tepeleme bütangaz tüpleriyle doluydu. O sıra bakkalın çırağı küçük bir tüpü değiştirmiş, gaz kaçırıp kaçırmadığını kontrol için kibriti yakmış, tüpün altına üstüne tutuyor, nerede patlayacağını merakla bekliyordu. Ama sonradan gördüm ki, İstanbul'da, İzmir'de, Ankara'da dahi tüpler hep bakkallarda satılıyor... Yok, yok, çok kahraman millet şu Türkler. Bombayla koyun koyuna yaşıyorlar, yine de aldırdıkları yok, hatta bir bakkalın önünde, iki kişinin bu tüpler üzerinde oturarak, zarlarla pullarla bir şeyler oynadıklarını bile gördüm.

Ay ben daha neler gördüm, ne kahramanlıklar... Otobüs gördüm, halkın yarısı dışarda, bu hiç önemli değil, halk o denli alışmış ki bu sirk

Oh yes, and there was this place I saw. I was horrified and ran out screaming.

"Mr. Ahmet, Mr. Ahmet! Get out of there, quick! You'll die in there!"

Ahmet came outside. I was so terrified that I could no longer even speak.

"What's up?" Ahmet asked me. "I was just getting some cigarettes from the grocer's."

"That's a grocer's?"

"A grocer's," he repeated.

Ahmet might have called it a grocer's but the place was stacked from the floor to the ceiling with gas canisters. The shop assistant was in the middle of changing a small canister on his stove, and to check it wasn't leaking, he was circling a lighted match around it, wondering if it would explode. Later I discovered that everywhere in Istanbul, Izmir and Ankara, gas canisters are sold in grocer's shops... But these Turks really are a nation of heroes. They live arm in arm with bombs and don't seem to worry about it. I even saw two people sitting outside a grocer's shop playing with dice and counters or whatever on the top of a gas canister.

And what else did I see? What acts of heroism! I saw this bus with half the passengers holding on to the outside. And everyone seemed so accustomed to this circus act that no one seemed to care. I have to admit that the Turks

gösterisine, kimsenin ilgilendiği yok. Ben derim ki, bu Türkler anadan doğma cambaz. Ben var ya, öyle salkım saçak, bir elim otobüste, geri yanım sokakta, iki durak değil, iki metre gidemem, ya korkudan elimi bırakırım, ya da kalbim durur ölürüm. Ama Türkler tanrı sizi inandırsın, o durumda sohbet ediyorlar, sigara içiyorlar, gelen geçene gülücük yağdırmayı da hiç ihmal etmiyorlar. Ben bunlardan bir eliyle otobüsün kapısını yakalamış, öteki elinde sandviç yiyeni bile gördüm. Fotoğrafını da çektim, şimdi burada, bu fotoğrafı görenler, "Bu hangi yarışma, fotoğrafta görülen kişi hangi ulusun yarışmacısı?" diye soruyorlar.

İnanmazsınız, üzeri tepeleme eşyayla dolu üstü açık bir kamyon gördüm. Şimdi siz, "Ay, hem arabanın üzeri açık, hem de üstü tepeleme eşyayla dolu" diye gözlerinizi şaşkınlıktan iri iri açıyorsunuz değil mi? Peki size bu eşyaların üzerinde on kişi vardı desem, yirmi kişi vardı desem, otuz desem, kırk desem ne yaparsınız? Tanrı başına yemin ediyorum ki söylediklerim doğru. Bu üstü açık kamyonlarda eşyaların tepesinde oturanlar ırgat milletindenmiş. Bu ırgatlık babadan oğula geçtiği için çocuklar daha küçük yaşlarda, böyle kamyonların tepesinde götürüle getirile eğitilirlermiş. Çocuk büyüdüğü zaman, bir numaralı kamyon cambazı olur, hatta çok iştaha geldiğinde, gabari ölçüsünü aşıp da boy-

are born acrobats. Being all over the place, I wouldn't even manage two metres, let alone two stops, with one hand on the bus and my backside in the street. Either I would let go from fear or die of a heart attack. But, believe me, the Turks! They can ride like this happily chatting away, smoking, all a shower of smiles, and they don't give a damn! I even saw someone who was holding onto the door of the bus with one hand and eating a sandwich with the other. I took his photo, and now, whenever I show the photo to anyone they ask me, "What kind of competition is this? And what nationality is this contestant in the picture?"

You won't believe it, but I saw this open-topped truck piled high with all kinds of stuff. Not only because it was open to the elements, but also because of the way the stuff was piled on top, it was enough to make your eyes gape in amazement. Now, what on earth would you think if I told you that this same lorry also had ten people riding on the top of it? Or twenty, or even, let's say, thirty… or even forty! But I swear to God that it's the absolute truth. These people perched on the top of the lorry were all labourers. Labouring is something passed from father to son, and these people get used to riding like this on the top of a lorry at a tiny age. And as these children grow older they become acrobats of the first order on these lorries, so much so that, when carried away, they can stand up and dance a *halay**, and even though they risk losing their heads whenever they pass under a

nunu köprülerde uçurmadan kamyonun tepe-
sinde halay bile çekermiş. İşte ben bu kam-
yonu görünce az daha küçük dilimi yutacaktım.
Ne cesur, ne yetenekli ulus şu Türkler, saatte
yüz kilometre hızla giden bir kamyonun tepe-
sinde ayağa kalk ve halay çek. Bu kişiler asla
yere düşmezlermiş ama bazen şoför uyur, kam-
yonu devirirse, bu kırk kişinin biri sağlam kal-
mazmış. İşte asıl önemli bu ya, n'olacağını bile
bile cambazlık yapmak... Bravo Türklere...

Bakın daha ne gördüm ben, kentler arası oto-
büse bindim. Türkiye çok gelişmiş bir ülke oto-
büslerine göre. Her otobüste televizyon var.
Şimdi söyleyeceğime inanmayacaksınız, otobüs
saatte yüz kilometre hızla giderken şoför otur-
duğu yerden kalktı, televizyonun düğmesini
ayarladı. Otobüsteki kırk kişi, ne korktu, ne de
bağırdı, salt ben bağırdım, herkes şaşkın şaşkın,
"N'oluyor?" der gibi benim yüzüme baktı. Hatta
biri,

"N'oluyor yahu, usta televizyonu ayarlıyor."
dedi.

Kaptan televizyonu ayarladıktan sonra yerine
oturdu, arabayı sürmeye devam etti. Şayet kap-
tan televizyonu ayarlarken araba bir şarampole
kaysa, kırk kişi tamam. Türkler hem bunu bili-
yorlar, hem de hiç korkmadan, televizyonu ayar-
layan kaptana:

bridge, they never do. The moment I saw this lorry, I almost swallowed my tongue. What a brave and capable nation, these Turks! On the top of a lorry hurtling along at a hundred kilometres an hour, they stand up and dance the *halay!* And not a single one of them ever falls off. But from time to time, a driver will doze off and the lorry overturn. And of the forty people riding on top, not a single one of them will live. Now that's something to marvel at: they know exactly what might happen to them, but they still persist in doing it... Bravo, Turks...

But I saw other things as well. I was on an inter-city bus. Now, if one were to judge from the buses, Turkey would seem to be a highly developed nation. Every bus has a television. You won't believe what I'm just about to tell you, but at a hundred kilometres an hour, the driver got out of his seat and began to fiddle with the knobs. The forty or so passengers on the bus didn't seem at all frightened and didn't turn a hair. I was the only one to scream, and everyone turned round as if to ask me what was up.

"What's the matter? He's just adjusting the set," one of them even said to me.

And once the driver had finished tuning the picture, he sat down again in his seat and carried on driving. If, whilst the driver had been fiddling with the knobs, the bus should had slid off the road and ended up in a ditch by some chance, then forty people would have bitten

"Az daha usta, az daha ayarla" diyorlardı.

Ay ay, aman isterseniz bunu anlatmayayım, tüyleriniz diken diken olur. Ah, usuma geldikçe benim de hâlâ tüylerim diken diken oluyor, çok geceler düşüme giriyor, yataktan fırlıyorum. Yok yok, mikropları demiyorum. Türkler o denli cesurlar ki tüm mikroplar da onlardan korkmuşlar. Benim anlatacağım o değil. Ay vallahi şu anda anlatırken yine tüylerim diken diken oldu. Bir şey değil, bile bile ölüm. Ama kahraman Türklerin hiç aldırdıkları yok. Hem de kadınından erkeğine, yaşlısından gencine, çoluğundan çocuğuna, tüm Türkler bu konuda büyük birer cambaz, büyük birer kahraman. Ülkemizde bunlardan bir tanesi olsa, hemen o kişiye, özel olarak "Karşıdan karşıya geçme" madalyası verilir, veya kraliçe onur nişanı verilir. Ama, Türkiye'de kime vereceksin ki, hepsi de layık bu madalyaya.

Ahmet'le gezerken karşıdan karşıya geçmemiz gerekti. Bu yandan bir yığın otomobil, kamyon, otobüs geliyor, öteki yandan bir yığın otomobil, kamyon, otobüs geliyor. Aman Allahım, gözlerime inanamadım. Ahmet kaldırdı kendini pat diye kamyonların, otomobillerin önüne attı. Onunla birlikte, bir yığın kahraman daha patır patır attılar kendilerini kamyonların, otomobillerin, otobüslerin önüne. Ben gözlerimi yum-the dust. The Turks are all too aware of this, but still, without a whisker of fear, they say to the driver as he adjusts the set:

"Just a little bit more, a bit more..."

Oh yes! But, if you wish I won't tell you about that ... it would make your hair stand on end. Even now, whenever it comes to mind, just the thought of it gives me goose-pimples, I can't sleep for the thought of it and I toss and turn in my bed. And no, I'm not talking about germs. Turks are so bold that indeed it's quite the reverse. The germs are terrified of them! No, that's not what I was going to tell you about. But, no, even recounting it now, my hairs have begun to stand on end. It's not easy to knowingly throw your life away. But those heroic Turks don't seem to mind at all. And in this respect, every Turk – be it woman or man, young or old, mother or child – every single Turk is an expert acrobat, a real hero. If any of us were like them we would straight away be awarded a medal for 'getting from one side to the other', or else the Queen would decorate us. But in Turkey, who could you give such a medal to? Every one of them would deserve it.

Wandering around with Ahmet, at one point we had to cross the road. A stream of cars, lorries and buses came from both directions. Oh my God! I couldn't believe my eyes. Ahmet gathered himself together and, boom, he threw himself in front of the lorries, cars and muş, açınca kaçı ezilmiş, kaçı ölmüş göreceğim diye zangır zangır titreyerek, "Ay, ay, amaniin!" diye bağırırken Ahmet'in sesini duydum. "Gel gel" diyordu. Tanrı tanık olsun, bana bu ses öteki dünyadan gelir gibi oldu. Ahmet ölmüştü ve öteki dünyadan bana sesleniyordu. Gözlerimi korkuyla açtım. Ahmet caddenin karşı tarafından bana, "Gel gel" yapıyordu... Ah Ahmet ah, ben nasıl gelirim oraya, nasıl yararım bu araç selini, hem bakalım, bende o denli yürek var mı ki kaldırıp kendimi arabaların ortasına pat diye atayım? Yok Ahmet yok, ben bunu yapamam, işaret ederim, dururlar, öyle geçerim. Ben böyle düşünüyordum, Ahmet bu kez caddenin öteki yanından kaldırdı kendini arabaların arasına attı, "Eyvah dedim. Ahmet bu kez gitti..." Ahmet'in başını bir ara bir kamyonun arkasında gördüm, sonra bir baktım Ahmet bir taksinin önünde perende atıyor, sonra bir baktım, hop diye zıplamış benim yanımda. Bağırdım:

Ahmet, bir yanına bir şey olmadı ya?

Yo, dedi, bir şey falan mı oldu?

Hayır, Ahmet'in bir yanına hiçbir şey olmamıştı. Ahmet sağ salim karşıya geçmiş, sonra yine sağ salim caddenin bu yanına dönmüştü.

Niye gelmediniz? diye bana sordu. Karşıya geçmemiz gerekli.

buses. And along with him a whole load of other heroes threw themselves in front of the traffic in a patter of footsteps. I closed my eyes to all this, cried out shaking like a leaf, and wondered, when I opened my eyes, how many of them would have been run over and killed. Then I heard Ahmet's voice beckoning me across the road. And God be my witness, it seemed as if this voice was coming to me from another world; that Ahmet had died and was calling to me from the after-life. I opened my eyes in terror and saw Ahmet beckoning me from the other side of the road. "But, Ahmet! How am I supposed to get over there? How am I supposed to break through this flood of traffic? And besides, I don't have the heart to just launch myself into the midst of so much traffic. No, Ahmet! I can't do it. I'll hold up my hand and ask them to stop. It is the only way I can get across." I was just in the middle of thinking this when Ahmet once again hurled himself into the middle of the traffic, this time from the other side of the road. I really thought Ahmet had had it that time. I caught a glimpse of his head behind some truck and the next time I saw him he was somersaulting in front of a taxi. Then, in a flash, he had leapt across the road and was standing right next to me.

"Ahmet, nothing happened to you, then?" I shouted at him.

"Nooo!" he answered. "Is anything up?"

Ahmet, ben senin gibi geçemem ki. Çiğnerler beni.

Şaştım, Ahmet dedi ki:

Asıl, bu araçlardan geçmek için yol istersen o zaman seni çiğnerler.

Yapma Ahmet, dünyada geçemem.

Korkma zor değil. Gözlerini kapa, kaldır kendini at arabaların önüne.

Ahmet parça parça olurum.

Ahmet beni inandırabilmek için, elini kaldırdı, araçların durmasını işaret etti, yandan yola girdi, birinci arabayı geçmişti ki, bağırdım:

Eyvaah Ahmet gidiyor.

Ahmet zor canını kurtardı, bu yana kendini attı. Bana,

Gördün mü mister, dedi, doğru dürüst yol istersen, doğru dürüst karşıya geçmek istersen mutlaka seni çiğnerler.

Ben iyice titremeye başlamıştım.

Ahmet, dedim, karşıya geçmemiz mutlaka gerekli mi?

Elbette, dedi.

Not at all. Nothing had happened to Ahmet. He'd got across the road safe and sound and had even crossed back again.

"Why didn't you come across?" he asked me. We had to get across.

"Ahmet, I just can't cross the road like you. I'd get run over."

He confused me.

"They only run you over if you try to make them stop for you."

"Don't say that, Ahmet. I could never do that!"

"Don't be frightened. It's not difficult. Just shut your eyes and launch yourself out between the cars."

"But Ahmet, I'd be squashed to pieces."

To try and make me believe him, Ahmet held up his hand in a sign for the lorries to stop, then set off across the road. He'd just got past the first car when I shouted after him:

"No! Ahmet's going to die!"

Ahmet only just saved his skin, and got back to the pavement.

"Don't you see, Mister!" he said to me. "If you wait for the traffic to stop for you or try to follow the rules, you'll certainly be run over!"

Başka türlü geçemez miyiz Ahmet?

Ya kuş olmamız gerekli, ya da helikopter gerekli.

Ahmet bana cesaret verebilmek için, kaldırdı kendini yine pat diye arabaların önüne attı. Bir daha kurbağa gibi zıpladı, bu kez kamyonun önüne kendini attı, bir daha zıpladı, kıl payı farkla, bir taksiyle çarpışmadan karşı kaldırımı buldu. Hani su sporları vardır, yarışmacı yüzer, havuzun karşı kıyısına elini dokundurur, hemen döner, Ahmet de onun gibi yaptı. Bu kez karşıdan attı kendini arabaların önüne. Hop Ahmet ortada, hop Ahmet bir minibüsün önünde, hop Ahmet yanımda.

Gördün mü mister, dedi, çok kolay.

Kolay da Ahmet, gel sen bunu bana sor. Bir usulü olmalı Ahmet mutlaka bunun, eğitilmiş olmalısınız.

Ahmet,

Hiçbir usulü yok bunun, dedi. Kaldırıp kendini arabaların önüne atacaksın, yoksa burada sabaha dek beklersin... Hem, şunlardan utan mister, dedi.

Gerçekten yaşlı kadınlar fileleriyle birlikte kendilerini kaldırdıkları gibi araçların önüne

By now I'd started to tremble.

"Ahmet, do we really have to cross the road?"

"Of course, we do."

"Is there no other way of getting across?"

"Only if you're a bird or a helicopter."

In order to reassure me, Ahmet once again hurled himself into the traffic. Once again, leaping like a frog, he threw himself this time in front of a lorry, and by a hair's breadth avoided being hit by a taxi, then found himself back on the pavement. You know how in swimming races, when they reach the end of the pool, they turn round in a somersault? Well, Ahmet was just like that, leaping between the cars. In a flash he was in the middle. In another flash he was in front of some minibus. And another flash, he was standing by my side.

"You see, Mister!" he said. "It's easy."

"It might be easy, Ahmet, but not for me. There must be a trick to this. You must have learnt to cross the road like that?"

"There's no special trick to it. You just hurl yourself in front of the traffic or else wait till morning! Even they can do it!"

The old ladies with their string bags of shopping were throwing themselves like this in front of the traffic. And atıyorlardı. Hele çocuklar, daha o yaşta, bir pire sıçraması gibi, üç sıçrayışta karşıyı buluyorlardı.

Haydi, dedi Ahmet, işte bu damperli kamyonun önüne at kendini.

Damperli, ölürüm Ahmet.

Asıl böyle öleceksin, geçeyim mi geçmeyeyim mi derken öleceksin. Bizim şoförlerimiz alışkındırlar. Kaldır kendini kamyonun önüne at, rahat kurtarırlar seni de kendilerini de, ama böyle ikircikli davrandın mıydı, gelir alnının kabağından patlatır, seni yerde tuz torbası gibi sürüklerler.

Yapamam Ahmet, dedim. Çoluğum var, çocuğum var.

Bunca insanın yok mu, bizim yok mu? Şu gördüğün şoförlerin yok mu? Adamlar seni çiğnesinler de gidip hapislerde mi yatsınlar? Oysaki, bu tür ikircikli hareket ederek onların başını derde sokacaksın. Kaldır at kendini arabaların altına, adamlar canlarını kurtarsınlar.

Tane tane terlemeye başlamıştım. Yüreğim küt küt atıyordu. Ahmet,

Ah bir kez atsan, alışırsın dedi, aynı paraşütle atlamak gibi.

Ahmet, paraşütün garantisi var, bunun hiçbir garantisi yok.

children, already at their age, were leaping across the road like fleas in three bounds.

"Come on!" said Ahmet. "Throw yourself in front of that dumper-truck!"

"But I'll die, Ahmet!"

"But like this you'll die, standing here wondering whether or not to cross the road. Our drivers are used to it. Just throw yourself in front of a lorry and they'll leave you alone, but the moment you hesitate, they'll squash you to pieces and drag you along behind them like a bag of salt."

"But I just can't do it, Ahmet!" I said. "I've got a wife and children."

"Don't you think others have too? Don't you think we have? And don't you think those drivers also have wives, children? And don't you realize that if they run you over, they'll end up in prison? A moment's hesitation and you simply get them into trouble. Throw yourself under a car and save their skins."

I'd begun to break out in a sweat. My heart was racing.

"If you throw yourself across the road just this once," said Ahmet, " you'll find you get used to it. It's the same as parachuting."

"But Ahmet, at least with parachuting, there's some kind of guarantee. With this there's no guarantee at all."

Geçeyim mi yine karşıya? diye tutturdu.

Yok, dedim, yüreğim ağzıma geliyor.

Bu sıra Ahmet'in başka bir önerisi oldu:

Mister, dedi, sen şimdi gözlerini yum, kendini iyice serbest bırak, ben ardından bir tos vurayım, pat diye arabaların önüne düş, ondan sonra hiç gözünü açma, benim dediklerimi yap.

Ne yapayım... Allahım... Evet evet, ben karşıya geçtim... Gözlerimi yumdum, ancak belkemiğime öyle bir tos indi ki, sanırım yolun tam yarısına dek fırlamışım. Kulağımın dibinde Ahmet'in sesini duydum:

302 geliyor sola fırlaa...

Fırladım. Ahmet'in sesi:

Kum kamyonu geliyor, ileri atıl!

Atıldım. Ahmet'in sesi:

Motosiklet biçecek, karnını içeri çek.

Çektim. Ahmet'in sesi:

Son hızla kurbağalama, minibüs ananı belleyecek.

Kurbağaladım. Ahmet'in sesi:

Balıklama kaldırım, otobüs pestil edecek...

"Do you want me to go across?" he kept on pestering.

"No," I asserted. "My heart's already in my mouth."

Ahmet had another idea.

"Mister," he said, "close your eyes, just let yourself go and I'll give you a butt from behind and you'll land in the midst of the traffic. After that, don't open your eyes, just do whatever I tell you to."

What could I do?... My God!... Yes, OK, I had got to the other side. I closed my eyes, but Ahmet gave such a butt to my spine that he must have hurled me at least half way across the road. And then I heard Ahmet's voice in my ear.

"The 302's coming. Fly off to your left!"

I flew off and then I heard Ahmet's voice again:

"There's a sand lorry coming. Throw yourself in front of it!"

I threw myself in front of it and then heard Ahmet's voice again:

"There's a motorcycle cutting through. Hold your stomach in!"

I held it in and heard Ahmet bellowing again:

"Leap as far as you can. The minibus is going to get you!."

I leapt as far as I could, then Ahmet shouted:

Balıkladım... Ahmet'in sesi:

Aç gözlerini...

Açtım ki gözlerimi, karşı kaldırımdayım. Ahmet'in boynuna dolandım:

Ahmet neredeyim ben?

Karşı kaldırımdasın... Bak n'oldu, hiçbir şey oldu mu?

Evet, hiçbir şey olmamıştı, salt azıcık altımı ıslatmıştım.

Olmadı Ahmet, dedim, sayende ben de buradan gitmeden kahraman olacağım...

Evet Türkler çok cesur insanlar. Cesurluklarını kanıtlamak için salt bu arabaların önüne kendilerini pat diye atmaları yeterli.

"Dive to the pavement! A bus is about to squash you!"

I dived headfirst and once again, I heard Ahmet's voice:

"Open your eyes."

I opened my eyes to see that I was on the opposite pavement. I put my arms around Ahmet's neck.

"Ahmet, where am I?"

"You're on the opposite pavement. And look what happened! Did anything happen to you?"

In fact, nothing had happened to me at all. I'd just wet myself.

"Nothing, Ahmet," I said. "Thanks to you I too am going to be a hero before I leave here…"

Yes, Turks are really brave people. And to prove their bravery, all they have to do is throw themselves in front of a passing car!

* *A Turkish folk-dance*

# Kökü Dışarda Niyazi Bey

İkisi iki yandan koluma girdiler. Solumdaki, kolumu biraz sıkarak,

Bizimle geleceksiniz beyefendi, dedi.

Neden? dedim.

Nedenini orada söyleriz. Biz polisiz!

Polislik hiçbir şeyim olmadığından içimden, "Bakalım hele ne kulplar bulacaklar?" diyerek iki kişinin arasında yürümeye başladım. Az ilerde bir araba bekliyordu. Simitin başındaki adamın mutlu gülücüğünden anladığıma göre, ben onlar için önemli bir kişiyim ve beni yakalamakla büyük bir görevi yerine getirmiş olmalılar.

Polisin biri bir yanıma oturdu, ötekisi öbür yanıma, sürücü gaza bastı, caddelerden sokaklardan uçtuk. İçimden sormak geçti, "Beni niçin götürüyorsunuz?" diye ama boşverdim. Nasıl olsa az sonra anlayacaktım. Kocaman yapıya gelince, ilkin sürücü atladı, onun ardından polisler. Yine koluma girdiler, yine sıkıca yapıştılar, merdivenleri çıkmaya başladık. Katlar, koridor-

# Radical Niyazi Bey

The two of them approached me from either side and took me by the arms. Squeezing my elbow a bit, the one on the left said:

"You're coming with us, sir."

"Why?" I asked them.

"We'll tell you why when we get there. We're police officers."

I was marched off between them, wondering what excuse they would come up with for arresting me. I had absolutely nothing to hide from them. A little further on a police car was waiting. A simit-seller[1] who was standing in front of a tray of simit was smiling. I could tell from his expression that I was someone important and the police had accomplished something big by catching me.

I was seated between the two policemen in the car. The driver put his foot down and we flew through the boulevards and back streets. I thought of asking them why on earth I'd been arrested, but decided it wasn't worth it. In any case, I would discover in a short while. We arrived at an enormous building, and the driver got lar ve bir oda. Anladım odanın eşyalarından, sorgu odası. Az sonra onlar soracaklar, ben yanıtlayacağım, ama neyi? Topluca olanı hemen telefonu açtı,

Sayın üstüm, aldık, dedi... Bekledi, sonra ekledi: Hemen sorgusuna başlıyoruz efendim.

Telefonu kapattı, yanıma geldi,

Biz tüm çalışmalarınızı biliyoruz, dedi. Önce kurduğunuz örgütten söz edelim.

Edelim, dedim. Aslında bu örgüt sizin de yararınıza.

O günlerde mahallede kiracıları koruyan bir dernek kurmuştum. Derneği nasıl kurduğumu, niçin kurduğumu, derneğin işlevinin ne olduğunu anlattım. İki polis, ikisi de sırıtarak beni dinlediler. Belli ki anlattığıma inanmıyorlardı. Topluca olanı,

Eylemlerinizden, hele yakında yapacağınız eylemlerinizden haberimiz var, dedi.

Oh iyi, dedim. İsterseniz siz de gelin. Bu cumartesi ev sahiplerini kınayan bir yürüyüş yapacağız.

Adam küt diye masaya bir yumruk indirdi.

out followed by the policemen. Once again, they forced me by the arms and started to march me up the stairs. We went up several floors and along corridors until we arrived at a room. From the things inside it, I understood straightaway it was the interrogation room. In a short while, they would be asking me questions and I would be required to answer. But what about? The plumper of the two men picked up the phone:

"We've got him, sir." Then after a moment's pause he added, "We'll start interrogating him right away."

He put the phone down and came over to me.

"We know exactly what you're up to. But first let's talk about this organization you've set up."

"Sure," I said. "Actually, it's an organization that should be useful to you."

Around that time, I'd just set up an association to protect tenants living in the area. I explained to them exactly how and why I had set up the association and what its functions were. The two policemen listened to me with grins on their faces. They obviously didn't believe a word I was saying. The plump one then said:

"We've heard about what you're up to and all your schemes."

"Good," I told them. "You're welcome to come along too. This Saturday we've organised a march to protest against the landlords."

Arkadaş, sen bizimle dalga mı geçiyorsun? dedi. Senin gibi bir adam, yok kiracılarmış, yok ev sahipleriymiş, bu gibi işlerle uğraşmaz.

Ha dedim, elbette. Söylemedim size, güvercin uçuruyorum. Damda tastamam altmış güvercinim var.

İki polis, birbirlerine baktılar. Belli ki iyice kızmışlardı bana.

Zayıf olanı,

Niyazi Bey, dedi, bakın size bey diye sesleniyoruz, bizi kabalaşmaya zorlamayın, yaptıklarınızı bize bir bir anlatın.

Ne yaptım ki ben? Ha belki de şu şeyi soruyorlar, tamam tamam...

Efendim, haftada bir, halden kasa kasa meyve alıp, mahallede paylaşıyoruz. Çok kârımız oluyor, aman öneririm, siz de öyle yapın!

Zayıfı bağırdı:

Yurt dışından ne zaman döndünüz Niyazi Bey?

Yurt dışı mı, ben yaşamımda yurt dışına çıkmadım ki.

Çıkmadınız mı? Adınız Niyazi değil mi?

The policeman brought his hand down with a sharp blow on the table.

"My friend," he said. "If you are trying to pull my leg... A man like you doesn't involve himself with stuff like landlords and tenants."

"Ah, of course, I forgot to tell you that I also keep homing pigeons. I've got sixty of them in my loft."

The policemen looked at one another. It was obvious they weren't at all pleased.

The thinner one:

"Niyazi Bey — look, we even address you as 'bey'[2] — don't make us be rude to you. Just explain what you've been up to, one thing at a time."

But what had I done? Ah! Maybe they were referring to that other thing...OK.

"Once a week we go to the fruit market and buy up crates of fruit and then share them around the neighbourhood. We save lots of money that way. You ought to do it as well!"

The thin one started to shout:

"And when did you return from abroad, Niyazi Bey?"

"Abroad? I've never been abroad in all my life!"

"Really? Your name is Niyazi, right?"

"That's right."

Evet

Soyadınız da şu değil mi?

Evet...

Yahu sakın bunlar bana dedemi soruyor olmasınlar? Dedem yurt dışında kalmış, orada ölmüştü.

Beyefendi, dedim, benim adım Niyazi, dedemin adı da Niyazi, benim soyadım o söylediğiniz, dedemin de aynı. Siyasi birtakım işlere bulaşan benim dedem... Dedem de öleli, ühüüü...

Dedeniz mi?

Zayıf bozum oldu, şişman karardı bozardı. Koştu telefona:

Beyefendi, dedi. Niyazi Bey çoktan ölmüş, bu onun torunu Niyazi'ymiş... Evet beyefendi... Evet beyefendi... Başüstüne beyefendi.

Telefonu kapattı, öteki polisin yüzüne baktı. Beni göstererek,

Bu adam yetmişinde yok, dedi.

Kırk iki yaşındayım beyefendi, dedim.

"And isn't this your surname?"

"Yes..."

Hey, don't tell me they'd got me mixed up with my grandfather! My grandfather had lived, and subsequently died, abroad.

"Sir, my name is Niyazi, but so was my grandfather's. My surname is as you say, but likewise so was my grandfather's. It was my grandfather who indulged in politics. But he's dead now."

"Your grandfather?"

The slim one was disconcerted; the plump one turned dark. He ran to the telephone.

"Sir, Niyazi Bey died a long time ago. This is his grandson... Yes, sir... Yes, sir... certainly, sir!"

He put down the phone and looked towards the other one.

"This man isn't in his seventies," he said.

"I'm forty-two, sir," I told them.

"But according to the superintendent, the Niyazi Bey who escaped abroad is still alive. And as he's still alive, his dossier has been kept open."

"I swear he's dead, sir. Why? Would you know better than me?"

The thin one:

Ama üstümün söylediğine göre yurt dışına kaçan Niyazi Bey ölmemiş. Ölmediği için dosyası kapatılmamış.

Vallahi billahi öldü beyefendi, dedim. Bizden iyi mi bileceksiniz?

Zayıf polis,

Peki, dedi, siz de bizim kayıtlardan iyi mi bileceksiniz? Biz, izlediğimiz hangi kişi ölürse, onun dosyasının üzerine kırmızı kalemle ölmüştür, artık izlemeye gerek yoktur, diye yazarız. Bir kişi ancak bu şekilde bizim izlememizden kurtulur. Ama dedeniz Niyazi Bey'e ölmüştür kaydı düşülmediğine göre, bizim de elimizde bir Niyazi Bey olduğuna göre...

Anlamadım? dedim.

Şişman polis,

Bunda anlamayacak bir şey yok, dedi. Sizi izleyeceğiz.

Ama ben o Niyazi Bey değilim.

Kardeşim, dedi zayıf olanı, bizi de, üstümüzü de zor durumda bırakma. Üstümüz, daha üstüne, Niyazi Bey'in yurda döndüğünü söylemiş. Yeniden bir takım işlere bulaştığını söylemiş ve rapor etmiş. Nasıl etmiş, bizim ikimizin raporuna dayanarak etmiş. Çünkü biz sizi tastamam

"Ah? So you think you know better than our records? If whoever we are following dies, we write on the folder in red pen that he's dead and there's no longer any need to keep following him. This is the only way to stop us following someone. And as, according to our records, your grandfather Niyazi Bey isn't yet dead and we've got a Niyazi Bey here in front of us..."

"I don't understand," I said.

The plump policeman:

"There's nothing to understand. We are going to keep following you."

"But, I'm not the right Niyazi!"

"My friend," the thin one began. "Don't put us or our superintendent in a difficult spot. Our superintendent has told the chief superintendent that Niyazi Bey has come back from abroad. He's said that your grandfather's once again become involved in his old affairs, and he has written a report. You are wondering how he wrote it? He based it on a report that we two put together. We've had you under observation for the last fifteen days. We've submitted a nine-page report on you. However much he hides behind selling cheap courgettes, cucumbers and cauliflower round the neighbourhood and setting up an association of tenants, he actually has devious intentions and is about to realize his dubious schemes. He's very agile and robust for a seventy-year-old. And our close on beş gündür izliyorduk. Hakkınızda dok. ız sayfalık rapor verdik, her ne kadar mahallede ucuz ucuz kabak, salatalık, karnabahar satıyor, bu arada kiracıları koruma derneğini falan yürütüyorsa da, aslında niyeti çok kötü olup, yeniden birtakım örgütler kurmak üzeredir. Yaşının yetmiş olmasına karşın çok dinç, çok çeviktir. Yüzünü yurt dışında gerdirmiş olduğu, yakın izlememiz sonucu belli olmuştur. Kafasındaki saç değil peruktur.

Saçıma asıldı:

Amaaan! diye bağırdım. Birbirlerine, "Gerçek saç" dediler. Yüzümü yakından incelediler. "Gerdirilmiş" dediler.

Yahu, dedim, kırk ikisindeki adam hiç yüzünü gerdirir mi?

Ocağına düştük, dedi şişmanı, geçen gün on sekiz sayfalık bir ara raporu verdim senin için. Neler yazmadım neler, şimdi bu ana rapor ve ara rapordan sonra, "Hayır efendim biz aldanmışız, asıl Niyazi Bey…" kaç yıl olmuştu dedeniz öleli?

Sekiz!

Vah vah vah! "Niyazi Bey sekiz yıl önce ölmüş" dersem, yandım, bizi tefe koydukları gibi, belki de meslekten bile atarlar. Benim dört investigations have told us how he's had the wrinkles taken out of his skin. And the hair on his head is nothing other than a wig..."

He pulled at my hair.

"Ouch!" I screamed. They looked at each other and conceded that my hair was really my own. Then they scrutinised the skin of my face.

"He's had the wrinkles ironed out," they agreed.

"What forty-two-year-old would have a face-lift!" I protested.

"Have mercy on us!" said the plump one. "The other day I submitted an eighteen page interim report on you. We wrote all sorts of things about you. And now, after these two reports, however are we going to admit that we were barking up the wrong tree. How long has your grandfather been dead?"

"Eight years."

"My God! If I tell them that Niyazi Bey died eight years ago, I've had it. We'll be held up to ridicule, maybe even given the boot. I've got four kids at home and my friend here's got five. Don't do it to us, Niyazi Bey! Can't you suddenly become the real Niyazi Bey so we can follow you?"

"But that's my grandfather!"

çocuğum var, arkadaşın beş, yapma Niyazi Bey, gel gerçek Niyazi Bey oluver, biz de seni izleyelim.

Yahu o benim dedem.

Önemli değil, bize bir Niyazi Bey gerekli. Kardeşim sakın çekinme, bunda çekinecek bir şey yok. Sen yine kuşlarınla uğraş, kiracılar derneğinle uğraş, mahallede ucuz ucuz ıspanak, şunu bunu sat, sen gerisini bize bırak, söz veriyoruz, başını yakmayız. Parası bizden, istersen saçını kazıt, peruk alalım sana. Sonra ricamız, yürürken eğik yürü, sonra eline bir baston falan al, olur ki üstümüz bir gün "Gösterin yahu şu Niyazi Bey'i bana" diyebilir.

Adamlar o denli yalvardılar ki, ah şu bendeki yufka yürek. Hemen kabul ediverdim. Çok sevindiler, bana çaylar, kahveler ısmarladılar, sigaralar sundular. Az sonra da üstelerine telefon ettiler:

Efendim gerçek Niyazi Bey olduğunu itiraf etti. Şimdilik salıyoruz... Evet beyefendi... Başüstüne beyefendi...

Telefonu kapattı, bana,

Artık izlendiğinizi biliyorsunuz değil mi Niyazi Bey? dedi şişmanı.

Elbette, dedim...

"It doesn't matter. We just need a Niyazi Bey. My friend, don't worry, there's nothing to be worried about. You just keep on tending your birds, chairing the tenants association, and selling cheap spinach or whatever round the neighbourhood and just let us get on with our work. And we promise you we won't drop you in it. Have your head shaved, we'll pay for it, or we'll buy you a wig if you like. Our one last request is that you get yourself a stick and hobble a bit when you walk, in case our superintendent wants us to point you out to him."

They begged me so politely, and being soft hearted by nature, I agreed immediately. They were over the moon and offered me tea, coffee, cigarettes. A short while later they were on the phone to the superintendent:

"He's confessed that he's the real Niyazi Bey, sir. We're releasing him for the time being... Yes, sir... Certainly, sir..."

They put down the phone and the plump one turned to me:

"So now you know that we're following you, don't you, Niyazi Bey?"

"Absolutely, sir."

From that day on I knew for certain I was being observed. I lived it. Some days the thin one would trail me and on other days it would be the plump one. We even became mates and on occasions sat next to

O günden sonra izlendiğimi gözlerimle görü-
yordum. Hatta şaşırıyordum. Bazı günler zayıfı,
bazı günler şişmanı peşime düşüyorlardı. Ahbap
olduğumuz için, bazen otobüste aynı koltuğa
oturuyor, ondan bundan konuşuyorduk. Gece-
leri de nöbetleşe beni izlediklerinden, soğuk kış
gecelerinde, onları içeri alıyor, çay demliyor,
hatta elim iyi kalem tuttuğu için yarınki vere-
cekleri raporu kendim hazırlıyordum. Hazır-
ladığım raporlar çok beğeniliyordu. Öyle sıkı
izleniyordum ki, polis nefes aldığımı bile biliyor-
du. Hatta günde kaç kez tuvalete gittiğimi bile.
Bu yüzden, şişman polisle zayıf polis, bir yıl
içinde beni çok iyi izlediklerinden, çok iyi rapor
verdiklerinden ötürü terfi ettiler, para ödülü bile
aldılar. İkinci yıl, bir türlü terfi edemeyen iki
polis, bir önceki zayıf polisle şişman polisin,
yeni polisle şişman polisin, yeni polislerle beni
tanıştırmasıyla terfi ediverdiler. Hatta son iki
polisten boyu kısa olanın oğlu kaç yıldır taktığı
fizikten hop diye sınıfı da geçti. Çünkü polisin
oğlunu ben çalıştırdım. Öteki polisin kızını da
üniversiteye ben hazırladım. Kız iyi bir puan tut-
turarak sayemde dişçilik fakültesine girdi. Ama
ben hâlâ azılı bir komünisttim. Hazırladığım
raporların sonunda, "Azılı komünistliğine devam
etmektedir" diye yazmazsam, poliscikler boyun-
larını büküyorlardı. Hele raporun sonunu, "Hâlâ
kökü dışarda olup, bir türlü kökünü dışardan

each other on the bus and chatted about this and that. When they were on night duty and had to follow me on the cold winter nights, I would invite them in and make them tea. As I was quite an articulate man, I would even write the report they would submit the following morning. And they were delighted with the reports I prepared them. I was being followed so closely that the police even knew when I breathed, and how many times a day I got caught short. And after a year of this, on account of following me so closely and preparing such detailed reports, the two policemen got promoted. They even received a cash prize. From thenceforth I was followed by two more policemen who had previously been unable to get promotion. Before they left, the original two policemen introduced my new followers to me, and soon these next two were promoted as well. The shorter of these two policemen had a son who for years had been trying to pass his physics exam at school. I gave him private lessons and he passed in a flash. I tutored the other one's daughter for the university entrance exam. And she got such a good mark she was able to enrol in the dentistry faculty. But I was still considered a dangerous communist. If I didn't write at the end of my reports, "He still continues to be a dangerous communist", they would plead with me to include it. But if I wrote, "He is still a dangerous communist with foreign backing who cannot be redeemed", the police would be over the moon.

kurtaramamaktadır" diye yazdım mı, polisler seviniyorlardı.

Çifter çifter olmak üzere dört yılda, sekiz polisi terfi ettirip, üstlerini emniyet amiri yaptıktan sonra, benim köküm hâlâ yurt dışından içeri girememişti ki, son izleyicilerimden tastamam yedi yıldır terfi edemeyen kısa boylu tıknaz polis, bir gün alı al moru mor yanıma gelerek,

Felaket Niyazi Bey! dedi. Sen ölmüşsün.

Yapma yahu, ne zaman?

Sen öleli çok olmuş. Yapılan istihbaratla anlaşılmış. Şimdi ne yapacağız Niyazi Bey?

Öteki, kıvırcık saçlısı da yetişti geldi, ağlayacak nerdeyse:

Yandık Niyazi Beeey! Şimdi ötekiler terfi etti, kimi de emniyet amiri oldu, ama biz, şimdi demezler mi bize, ulan ölmüş adamı sekiz aydır izlemeye utanmıyor musunuz? Bu mu görev, bu mu görev anlayışı, bu mu polis ruhu?

Öteki,

Yandık, dedi. Terfi edelim diye Niyazi Bey'i izleme işini üzerimize aldık, şimdi büsbütün meslek boyu bize terfi olmadığı gibi belki de…

Kıvırcık saçlısı,

In four years, at the rate of two a year, I got eight policemen promoted. And after their superiors had been made chief of police, I was still a dangerous communist who received backing from abroad. Then one day, a plump policeman who hadn't been promoted for seven years came running up to me all flushed and out of breath.

"Disaster, Niyazi Bey! You're dead."

"Don't say it! When?"

"A long time ago. They've finally cottoned on. And what are we going to do now, Niyazi Bey?"

Another one, with curly hair, caught up and he was howling all over the place:

"We're done for, Niyazi Bey! The others have all been promoted, some have even become chiefs of police. And now won't they ask us how we had the nerve to follow a dead person for eight months! Is this what duty is? Is this a policeman's lot?"

The other one:

"We're done for! We took on the job of following Niyazi Bey thinking we'd get promoted and now it looks as if we'll never get promoted…"

The curly-haired one:

Belki de işten atarlar, dedi. Altı çocuğum var yahu. Niyazi Bey, ocağına düştük, sen akıllı adamsın, buna bir çare.

Tıknazı:

Çare Niyazi Bey, çareeee!

Umarı var mı bu işin?

Arkadaşlar, dedim, şimdi tutup hatırınız için pat diye ölsem, elimde değil ki... Ölemem. Hem ölmem de bir şey anlatmaz, çünkü ben eskiden ölmüşüm. Sonra size peki dokuz yıldır kimi izliyordunuz diye sormazlar mı?

Ulan, dedi kıvırcığı, adam sekiz yıldır ölmez de, tutar görev bize gelince dokuzuncu yılında ölüverir... Ah ne yapacağız şimdi?..

Evet, umarı, umarı?.. Buldum... O denli bir rapor hazırladım, ellerine tutuşturdum ki, iki polisin ikisi de, ikinci günü sevinçle yanıma geldiler.

Nasıl? dedim.

İkisi birden,

Sağ olun Niyazi Bey, sizi izlemeye devam edeceğiz, dediler.

Raporumun son cümlesi şöyleydi:

"We might even get the sack. And I've got six kids at home. Niyazi Bey, you must help us. You're intelligent, can't you think of a way out?"

The plump one joined in:

"Yes, help us to find a way out, Niyazi Bey!"

Was there any hope in all this?

"My friends," I said, "I can't just die now. It's not in my hands... I can't just give up the ghost! And besides, it wouldn't make any sense just to die now, since I already died ages ago. Besides, won't they wonder who it is you've been following all these nine years?"

"Damn!" said the one with the curly hair. "Typical, he didn't die for all those eight years and as soon as we came on the job, he died. What are we going to do now?"

Yes, a solution, a solution... I've found it... I prepared a tactful report and thrust it into their hands.

The following day, the two of them came back with smiles on their faces.

"How did it go?" I asked them.

Both of them answered at once:

"Thanks, Niyazi Bey, we can keep following you."

The last sentence I had written in the report was:

"Bu kökü dışarda olan azılı komünistler, asıl öldükten sonra izlenmelidir…"

"This radical and highly dangerous communist should be followed even after his death!"

1. *'Simit' is a ring-shaped bread roll often sold on the streets.*
2. *'Bey' is the polite form of address for a man*

# Turist Hanımlara Tellaklık

Nerede o eski tellaklar?

Nerede mi? İşte benim. Ben eski tellağım.

Asıl nerde o eski tellaklık? Neler ölmedi ki? İbrikçi, lehimci, tenekeci kaldı mı ülkede, demirci kaldı mı, hani örsüne çekiçle dan dan diye vuran demirci? Nereye gitti o güllü yorganlar? Köşebaşındaki yemenici Rüstem Usta nerede?

Yooo canım, tellaklık yok olmadı da, başka bir şey oldu.

O eskidendi, hiç kimsenin evinde banyo yoktu. Var olmasına vardı da, gusüllük banyolardı onlar, hani şöyle üç tas bu yanına, üç tas bu yanına su dökünmek için. Ama insan şöyle arı duru yıkanmak temizlenmek isteyince mutlaka hamama giderdi. Çamaşırları kolunun altında, ilk tokmaklı kapıdan içeriye girer, şöyle bir bakınır, hop o zaman onu ya ben karşılardım ya da Muhittin... Muhittin rahmetli oldu. Yo yo, o da başına yetişti bu işin ama...

# The Hamam Attendant

Whatever happened to the old hamam* attendant?

Well, if you want to know, here I am. I'm one of the old-fashioned hamam attendants.

Really, what did happen to the job of the old hamam attendant? But what jobs haven't died out? Are there any kettle-makers, solderers or tinsmiths left these days? Any blacksmiths? And I mean, the old-fashioned blacksmith, the one who beats his anvil with his hammer. And what happened to those quilts with the rose design? And whatever happened to Rüstem Usta who used to stand on the street corner selling coloured cotton kerchiefs?

But no! The job of the old hamam attendant hasn't died out. It's just changed.

In the old days no one had a bath at home. Or, OK, there were baths, for what they were worth, but they were only basins for performing ritual ablutions, the ones where you splash water over yourself, three cups here, three cups there. But to get themselves clean and to wash themselves properly, people went to the hamam. With their laundry under their arms, they would walk

Müşteriye bir güzel soyunma yeri gösterirdik, peştamalını uzatırdık... Eee bir hoşgeldin çayı olmasın mı, elbette isterse. Ama isterdi müşterilerimiz, kaynar hazır, külhandan alıp getirilmiş ateşin konduğu koca mangalın üzerinde, koca çaydanlığın içinde. Yirmi bir baharın fokur fokur kaynadığı kaynarı müşteri yıkanıp çıktıktan sonra sunacağız. Sunacağız ki kaynarı, içsin kendine gelsin...

Yooo şimdi ne kaynar kaldı, ne hoşgeldin çayı.

Öyle kir çıkarmak da kalmadı. Yo yo terleme var da, kir çıkarma yok. Zaten hamamda hiç bizden insan yok. Turistik oldu turistik...

Yine var göbektaşı sefaları, ama hiç eskisine benzemiyor ki.

Adamı yatırırdın göbektaşına, çekerdin üzerine terlemelik havluyu, adam bir terler bir terler, olur domates sepeti... Ondan sonra sürdün müydü has keseyi, kirleri alır gelirdi bakla bakla.

Yok canım, çok zorlaştı tellaklık.

Biz artık zaten tellak değilmişiz de masajcıymışız.

Ama yani çok iyi beceriyormuşum, gelen turist kadınların sıraya girişinden belliymiş, diyor-through that door with the doorknocker, have a quick look around and be greeted by me or by Muhittin... Muhittin, God rest his soul. But no, he was around at the beginning of the business.

. We would hand the customers a waistcloth and show them to that beautiful room where they could get undressed. And of course, if they wanted, there would be tea to welcome them. Our customers would want some herbal tea from the huge teapot warming on a large brazier, fired by the coals we would take from the hamam's stokehole. The twenty-one spices would bubble away, and as soon as our customers had finished washing and had come out of the bath, we would offer them tea.

Nowadays, there's no more herbal tea and no more Turkish tea to welcome the customers either.

The hamams don't even get rid of the dirt. No, don't get me wrong, they'll still make you sweat; but they don't drive away the filth. The truth of the matter is that Turks don't go to the hamam anymore. Only tourists. Yes, tourists.

There's still that enjoyment, that freedom from anxiety when you stretch yourself out on the massage table, but the experience is not like it used to be.

Once upon a time, you would lay a man down on the massage table, drape the sweating towel over him, and he would sweat like a dog. Then you would rub him larmış ki "Beni masajlayacaksa şu mavi gözlü ellilik adam masajlasın..."

Of of, insan hiç ellisinde boşanır mı karısından?

Boşandık. Daha doğrusu Hatice beni boşadı.

"Kız Hatice kız, kurban olduğum, Hatice, gel şu kafadan vazgeç. Kaç yıllık yuvamız? Kaç yıllık karımsın sen benim... Ben senin kaç yıllık erinim! Yıkmayalım şu yuvayı. Neden dersen, ben sensiz yapamam Hatice..."

"Sen turist karısız yapamazsın, ne yapacaksın ki beni?"

"Kurban Hatice, o benim işim..."

"Hıh, turist karı mıncıklamak mı iş?"

"Ne yapayım Hatice, erkekleri de mıncıklıyorum... Ama bizim erkekler artık hamama gelmiyorlarsa ben ne yapayım? Hamam başka bir hamam olmuşsa ben ne yapayım?"

"Yap. İşini değiştir. Ben karınsam senin, sana turist karısı mıncıklatmam..."

"Kız Hatice, can Hatice, yemin olsun sana, ben onları mıncıklarken hiçbir şey olmuyorum, aha kasaptaki et, aha turist karının eti..."

down with the special bath-glove and the dirt would come off in strips.

But no, my friend, the job of the hamam attendant is harder these days.

It would be true to say, in fact, that we're no longer hamam attendants. They call us masseurs.

But to judge from the flow of foreign women who walk through the door and say, "I want that fifty-year-old masseur with blue eyes to massage me", it must be something I'm good at.

Ahhh! Does any fifty-year-old divorce his wife?

But we got divorced. Or rather, Hatice divorced me.

"Oh, Hatice, the one that I gave my everything to, Hatice. Can't you just forget about it? How long have we shared a nest? How long have you been my wife? And how long have I been your husband? Let's not destroy the nest. And if you wonder why, it's because I can't manage without you, Hatice..."

"You mean you can't manage without those foreign women. What do you want me for?"

"My Hatice, but that's my job..."

"Hhhh, fondling foreign women?! That's your job, is it?"

"But what can I do about it, Hatice? I also have to massage men!... Only, what am I supposed to do if Turkish men no longer come to the hamam?"

"Sen onu külahıma anlat. Geceleri zıplıyorsun İngirid diye. Kler diye, yoksa benim göbek adlarım mı bunlar ha? Hatice'nin göbek adları mı?"

"Canım, turist kadına kendi adıyla seslendin miydi daha iyi oluyor, patron da öyle istiyor…"

"Gece benim yanımda da İngirid İngirid diye bağırmanı patron mu istiyor, ben anlamam, işini değiştir, yoksa giderim oğlumun yanına…"

Ah ah, oğlan da benden yana değil ki, anasını razı etmiyor ki, namussuz, sanki yuvanın yıkılmasını istermiş gibi,

"Gel ana gel" diyor…

Edemiyorum bir türlü Hatice'yi bu işe razı, anlatamıyorum…

"Bak Hatice, bol bahşiş veriyorlar, ben de sana istediğini alıyorum. Ama bil ki ben eski tellaklığımı istiyorum, ama yok, bitti."

"Karı kocalık da bitti…"

Önceleri gerçekten Hatice'nin beni bırakıp gideceğine inanmıyordum. Ama bir gün eve geldim ki Hatice yok. Oğlana telefon ettim:

"Tamam, anam benim yanımda, sen turist karıları mıncıklamanı sürdür" dedi.

"Do anything. Change jobs! But if I'm your wife, I'm not going to let you fondle foreign women!..."

"Hatice, my darling Hatice, let me swear to you, that while I'm massaging them, I don't feel anything. It could be meat from the butcher's for all I care!..."

"Tell me another! At night you toss and turn saying, 'Ingrid, Ingrid', or 'Clare'. Or are they by any chance pet names for me? My pet names?"

"But my dear, the only reason why I repeat the tourists' names aloud to myself is because they like it better that way, and my boss likes me to do it!"

"So it's your boss, is it, who wants you to lie beside your wife at night and bawl out 'Ingrid, Ingrid'? Well, I don't understand it. Either change your job, or I'm going to live with our son."

So not even my son was on my side! He didn't even try to change his mother's mind! The dishonourable lad! As if he wanted to destroy our home!"

"Come and stay with me, mum," he says...

Nothing I said would persuade Hatice. I tried to explain it to her, but she didn't want to understand:

"Look Hatice, they give a lot in tips, and I do it for you. Really, I would give anything to go back to the days of the old hamam attendant. But those days are gone. Finished."

Hay Allah, yahu isteğimle mi, benim ekmek kapım a oğlum. Bu yaştan sonra ben ne yapabilirim? Hangi işi tutabilirim? Ah ah çalıştığımız yerlerde hamam sahipleri doğru dürüst sigortamızı yapmamışlar ki, bu yaştayım, daha emekli olmama yedi yıl var. Yedi yıl ben nerede çalışırım? Ben başka iş yapamam ki... Ah zor, yalnız yaşamak çok zor...

Hatice koymuş kafasına, bir baktım bir gün kapıda bir zarf, mahkemeden. "Gel mahkemeye boşanma davası var" diyor.

Yargıç soruyor,

"Geçinemeyiz efendim, bu geceleri İngirid İngirid diye bağırıyor"

"İngirid de kim?"

Eh ne bilirim ben Hollandalı mı, İngiliz mi, Fransız mı, Yoksa Avusturyalı mı? Boynumu büküp yargıca bakıyorum. Yargıç:

"Demek çapkınlık ha, bu yaştan sonra ha?" dedi.

"Ben tellağım da yargıç bey" dedim.

"Eeee?" dedi.

"Turist karılara hamamda masaj yapıyorum da" dedim.

"And so's our marriage..."

At first I never believed that Hatice would really leave me. Then one day, I returned home to find she wasn't there. I phoned my son:

"It's all right. Mum's here. You just carry on feeling up those foreign tourist girls," he said.

Oh God! As if it was my wish; it was how I earned my bread. And what was I supposed to do now at my age? What other job could I do? The owners of the hamam hadn't been paying our National Insurance and I only had seven more years till my retirement. I couldn't do anything else. And it was hard living alone. Too hard...

But Hatice had made up her mind. Then one day I found a letter from the law courts on the doorstep summoning me to the court, as a petition for divorce had been signed against me.

The judge asked:

"Can't you live with him, Hatice?" And my wife replied:

"No sir, at night he just calls out, 'Ingrid, Ingrid'."

"And who's this Ingrid?"

"Ah, how do I know? Some Dutch or English or French or Australian girl."

I cocked my head and looked at the judge. The judge asked me:

"Sonra da gelip evde karına anlatıyorsun değil mi, şurası şöyle, burası böyle, kadını çileden çıkartıyorsun?"

"Ühüü, dedi karım, kaç türlü kalça modeli var ona sorun..." Hay dilim kopaydı da o rehber Kenan'ın anlattıklarını anlatmasaydım Hatice'ye... Ben şaka olsun diye anlattım, bir kez anlattım. Hem canım hamamın son saatiydi, o Kenan, sonra turist kadın Anneke, sevgilisi o sırık oğlan, bizim patronun oğlu, halvette viskiyi içip o gece eve gittiğimde anlattıydım... O gece duymuştum Kenan'dan...

"Kalçalar tür türdür Settar Usta!.."

Sanki yalnız bana anlatıyor kerata. Kaldırdı ayağa Anneke'yi, sıyırdı Anneke'nin her şeyini...

"İşte buna yumurta kalça denir. Kalça sivridir ama maşallahı vardır. Pantolonu şişirir, eteği şişirir, meraklısının aklını başından götürür..."

Anneke kıkır kıkır gülüyordu... Kenan anlatıyordu:

"Lahana kalça vardır, ama İngiliz lahanası, yayvandır, geniştir, seyretmesi pek hoştur..."

Sanki kafama yazmışım, işte Hatice en çok buna bozuldu.

"So you've been up to mischief? And at your age, eh?"

"I'm a hamam attendant, your honour," I told him.

"So?"

"I work in the hamam giving massages to tourists."

"And then you go home and infuriate your wife by going into details about this bit and that bit?"

"Ohooo," said my wife, "ask him to tell you about the different shapes and sizes of hips!"

If only I hadn't let slip to Hatice the things that the guide Kenan told me... I only told her as a joke, and only once. I told her about how it was the last hour before closing time in my little hamam. Kenan, the tourist girl Anneke and her lover, that stick of a boy – the boss's son – were drinking whisky in the private sweat-room of the hamam before going home. I told my wife what Kenan had been telling me:

"Hips come in all shapes, Settar Usta!..."

It was as if he was talking only to me, the git. He made Anneka stand up and he peeled off her clothes...

"Now this is what they call an egg-shaped hip. Tapered but... wow! It fills out the trousers, the skirt... this is what turns a connoisseur's head."

Anneke was giggling...Kenan carried on explaining:

"There's cabbage hips...English cabbages, broad and wide, nice to look at..."

"Seyretmesi pek hoştur" deyişime kızdı. Bir anda kalkıverdi yataktan, aldı bir battaniye, gitti salonda yattı. Tastamam on beş gün yanıma yaklaşmadı. Geceleri de bana yemek hazırlamadı. Yeminler ettim.

"Kenan'ın kalçaları bunlar!" diye. Bana:

"Dur dur, daha sen karı mıncıklamanın kitabını da yazarsın" dedi.

Yargıç bir bana baktı, bir Hatice'ye, ee koskoca adamız ikimiz de, torun var, tokaç var. Demek ki iyi düşünüp karar vermişiz... Oradaki kıza dedi ki:

"Yaz kızım, şiddetli geçimsizlik nedeniyle..."

Tövbeler olsun aramızda ne şiddetli geçimsizlik vardı, ne de bir şey. Benim ekmekliğim vardı, ekmek param vardı...

Ah ah, nasıl aramazsın o eski tellaklığı!...

Bir koydu bu boşanma bana, bir koydu ki. Ortada fol yok yumurta yok.

"Boşver, dedi patron, baştan evlenirsin..."

Ekledi:

"Hem ulan evlenmene gerek var mı, elinin altında kaç tane turist kadın, mıncıkla dur işte..."

It was as if I had it written on my mind and it was this which really vexed Hatice.

It was the words "nice to look at," that really sent her into a rage. She suddenly leapt out of bed and, taking a blanket with her, went to sleep in the living room. And for fifteen days she didn't come near me. Nor did she prepare my evening meal. I swore to her:

"They're Kenan's hips!"

"You just stop it! Soon you'll write a book on fondling women."

The judge looked at me, then at Hatice. We're both grown up, we've even got grandchildren. So we must have given it some thought before coming to this conclusion. He dictated to the girl taking minutes:

"Write down that it's because of extreme incompatibility..."

It was nothing to do with incompatibility or anything else. It was all about my pension; it was how I earned a living.

Ahh! Don't you just miss the job of the old hamam attendant?!

This divorce really grieved me. The whole thing was so petty.

"Don't worry," my boss said to me. "Just marry someone else..."

Şuna bak şuna, aklı fikri nerede? Bu gözü doymaz herifler de bir gün patronluktan tellaklığa soyunursa hiç şaşmam.

Yahu gerçekten çok zor! Akşama dek kadın turistleri mıncıkla dur, sonra eve gidince bir başına... Eh çekilecek gibi değil, insan hemencecik kanser olur...

İyi de bu yaşta, bu işi yaparken benimle kim evlenir? Hem Hatice'nin ateşi içimde ki... Arada bir oğlana telefon edip ağzını arıyorum.

"Oğlum, bak yavrum, şöyle annenin ağzını bir arayıver hele, şimdi isterse tekrar bir araya gelerek..."

Oğlan ağzında bir şeyler geveliyor ama anlayabilene aşkolsun. Ama belli ki anasının evden gitmesini istemiyor. E ister mi, kendi çalışıyor, karısı çalışıyor, çocuklarına bakılıyor, yemekleri yapılıyor. Deli mi oğlan anasıyla babasını tekrar birleştirsin? Ama oğlanın söylediklerinin sonuncusunu açık açık anlıyorum. Diyormuş ki anası:

"Amaaan bir daha mı, o geceleri bana yabancı turist kadın kalça türlerini sayan adamla bir araya gelmek? Allah göstermesin," diyormuş.

Ah bu turist kadınlar ah, karşıdan gören bunları çok naziktir sanır. Siz gelin de onu bana sorun... Yatırırsın şöyle, başlarsın ayak parmak-

Then he added:

"And besides, you don't have to get married, you've got all those foreign women in the palm of your hands, just keep giving them a good massage."

Just listen to that! What was he talking about? I wouldn't be surprised if these greedy men stopped being bosses and got down to hamam attending.

It's very difficult. You just keep on massaging foreign women from morning till night and when you get home you are all alone... You just couldn't put up with it. It would give you cancer...

It was all very well, but who was going to marry me at my age? And I still had the memory of Hatice burning inside me. From time to time, I would ring my son to test the water.

"Look, find out what your mother's thinking. If she wants, we could meet up again..."

My son started going on about something or another, but I'd be damned if I could understand it. All that was clear was that he didn't want his mother to leave his home. Why would he? Both he and his wife worked and my wife looked after the children and cooked for them. It would be silly of him to mediate to help reconcile his mother and father! But in the end I understood what my son finally said. He was telling me what his mother had said:

larının ucundan, tapıklaya, vura, çevire, döndüre, büke büke, gelirsin teee boynuna, sende ter şırıl şırıl, öteki ühhhh mest olmuş...

Anlıyoruz da az buçuk İngilizceden,

"Bitmedi değil mi?" diyor.

"Bitti" dersen kalpten gidecek. "Bitmedi" diyorsun.

Oh mutlu! Çeviriyorsun bu kez böyle, başlıyorsun yine tapıklamaya, vurmaya, çevirmeye, döndürmeye, bükmeye, varıyorsun ayak ucuna, yine gözlerini kısıp soruyor:

"Bitmedi değil mi?"

"Hey kadın kadın, bu hamamın içi kaç derece biliyor musun, şunun şuracığında anamız ağlıyor, eriyoruz tereyağı gibi, sen hâlâ bitmedi değil mi diye soruyorsun."

"Turist ne istiyorsa onu yapacaksın?"

Yapıyoruz. Döndür babam döndür, tapıkla babam tapıkla... Öğretti Kenan, arada bir,

"Çok güzel vücudunuz var" diyeceksin. "Çok sıkı etiniz var" diyeceksin. "Ben böyle saç görmedim" diyeceksin. O kıkırdayacak, sen bahşişi yükselteceksin.

"What?! God forbid! To meet up again with that man who at night would count aloud to me the types of women's hips?"

Ah, these foreign women! To look at them they seem so well mannered. Just come and ask me. You lie them down like so…you start from the tips of their feet, patting, pummelling, circling, turning, twisting, letting their necks sweat, and you sweat in gently flowing drops… and they sigh a drunken uhhhh…

From the little bit of English you understand, you know when they ask you:

"It's not finished yet, is it?"

If you told them it was finished they'd be so disappointed, so instead you tell them you are carrying on.

Oh, how happy! You turn them over, this time like this, and once again you start to pat, pummel, circle, turn, twist until you arrive at the soles of their feet, and once again they screw up their eyes and ask:

"It's not finished yet, is it?"

My dear, do you know how hot it is in here? We're tired out, we are melting like butter, and you ask me to keep going?

But you can't say what you're thinking. You're under strict orders from the boss and the guide to do whatever the tourists ask you.

Yok ha, sakın ha, kötü bir şey demek yok haa. Öyle el kaydırmak, yok gıdıklamak, yok okşamak, yok kadının kulağına bilmem ne fısıldamak... Kalkıverir o kadın da... Böyle asker adımlarıyla... Yaa... Bu yaştan sonra kendine emekli olacağım diye başka iş ara.

Ah ah bilmez ki Hatice, bilmedi ki Hatice, yani var ya, İngirid dese ki, Anneke dese ki, "Hadi Settar Usta, al beni bir yerlere götür..." Yooo gidemezsin, patronun sıkı buyruğu var, Kenan'ın sıkı buyruğu var.

"Reddedeceksin..."

Ah ulan ah, niye ki?

Bunu anlatamadım Hatice'ye. Her zaman:

"Bunu külahıma anlat" dedi durdu. "Sanki koca hamamda yer yok, sen orada haltı karıştır, sonra benim yanıma gel, boşanacağım senden Settar, boşanacağım!.."

Ah nerde eski tellaklar nerde!

Öleceğim be... Her gece mıncıkla mıncıkla sonra eve soğuk yatağına. Tövbeler olsun evde kadın hayaletleri görmeye başladım. Doktor:

"Hemen evlen" dedi.

And so of course we do it. We turn them over, and start massaging all over again. And every once in a while, just as Kenan taught me, I have to say:

"You've got a gorgeous body… Lovely tight muscles… I've never seen such beautiful hair…" And every time they giggle you increase the tip they'll pay you.

But remember, no dirty words! Don't let your hand slide over them, no tickling, caressing, and no whispering in a woman's ear… Or the woman would get up and march off like a soldier… And you'll find yourself looking for a new job to retire from.

Oh Hatice, you didn't want to believe me, you didn't want to know that even if some Ingrid or Anneke had said to me, "Come on, Settar Usta, take me somewhere and…", I couldn't possibly have gone with them. I was under strict orders from the boss and from Kenan to turn them down.

"You must refuse…"

Why man, why?

But I could never explain this to Hatice. Every time I tried:

"Tell me another!" she would say. "As if in a place as big as a hamam there were no secret place to get up to your hanky-panky. And then you come home to me as if nothing has happened. I'm divorcing you, Settar! I'm divorcing you!"

Namussuz Kenan, her gece turist karılardan birini alır gider. Bir gün nah şurama geldi.

"Bak Kenan, dedim, yani doktor dedi ki, halim kötüymüş, dedi, şimdi ben de insanım anlıyor musun, yaşım elli ama, yine de insan..."

"Yaa yaaa, doğrusun, çok kötü" dedi.

Kafasını kaşıdı, burnunu kaşıdı:

"Sana bir iyilik edeyim, dedi. Benim bir teyzem var..."

"Neee?" dedim.

"Teyzem, dul, kırk beşinde, ama fıstık gibi haa, istersen konuşurum..."

Keratanın kolunda başka bir Anneke, benim için teyzesiyle konuşacak...

Oluverdi iş bir haftanın içinde. Teyzesi değilmiş, Kenan ona "Teyze" dermiş.

Evlendik...

Bir ay iyi gitti evliliğimiz.

Yahu bu kadın benim ne iş yaptığımı bilmiyor muydu, Kenan ona anlatmamış mıydı, dememiş miydi böyleyken böyle? Bir ay sonra Melahat birdenbire yatakta bana sırtını dönmeye başladı, bağırmaya başladı:

Ah, where is the job of the old hamam attendant!?

I was dying… Every evening I massaged and massaged, and would return home to a cold bed. Believe me, I even began to hallucinate and see women at home.

The doctor told me I should get married straight away.

That despicable Kenan, he has one of the foreign tourist women every night. Then one day I was fed up.

"Look, Kenan," I said, "the doctor has told me I'm in a bad way. You understand that I'm only human too. I might be fifty years old, but I'm still human."

"Absolutely, you're quite right, it's a bad state of affairs to be in," he said.

He scratched his head and rubbed his nose.

"I'll help you out," he said. "I've got this aunt…"

"What…?"

"My aunt. She's a widow. Forty-five, but a good-looking woman. If you want, I'll talk to her."

With another Anneke hanging on to this dog's arm, he was going to speak with his aunt…

And in the space of a week it was all agreed. She wasn't a real aunt, but Kenan called her his aunt.

We got married.

"Dokunma bana, sakın ha dokunma!.. Orada gece yarılarına dek karıları mıncıkla, sonra da gel benim yanıma... Bağırırım sakın dokunma..."

Of of, nerede eski tellaklıklar ha, nerede!

All went well for a month.

But didn't this woman know what I did for a living? Hadn't Kenan told her? Hadn't he explained? Then, one month later, Melahat suddenly turned her back on me in bed. She began to shout:

"Don't touch me! You dare touch me! There you massage women till late at night and then you come home to me... You dare touch me or I'll scream..."

Oh, where is the job of the old hamam attendant!


\* *A Turkish bath*

# Dünyanın en zor işi

Çok iyi anımsıyorum, durup durup babama, anneme:

"Ben okuyacağım, sizi kurtaracağım," diyordum.

Köy evimiz bir buçuk odaydı. Buçuğunu mutfak diye kullanıyorduk. Annem babam yerde yatarlardı. Anacığım bana da küçük bir yatak sererdi yere, birlikte uyurduk.

Daha ilkokuldayken söylerdim:

"Bir okuyayım anneciğim, bir okuyayım babacığım, siz o zaman görün," derdim.

Annem, babam sarılırlar, öperlerdi beni.

"Böyle Hasan Beylerinki gibi dört oda evimiz olacak, helası içinde olacak. Ya yemekler ana, ya yemekler..."

Babam yemek adları sayardı, kebap adları. Annem kızardı:

"Yeter adam, çocuğun ağzını sulandırma."

Babacığım yeminler üstüne yeminler ederdi:

# The Hardest Job in the World

I remember so clearly how I used to repeat to my parents:

"I'm going to study hard and save you from this misery."

We lived in a village in a house of only a room and a half. The half was what passed for a kitchen. My parents would sleep on the floor. My mother would spread out a small bed for me and we would all sleep together.

Even when I was at primary school I used to say to them:

"I'm going to study hard, Mummy. I`m going to learn, Daddy. You just wait and see."

And my parents would wrap me in their arms and kiss me.

"And then we'll have a four-roomed mansion like Hasan Bey, with an indoor toilet. And food, Mum, food..."

My father would roll off the names of different dishes and kebabs. And my mother would scold him:

"Enough! Don't make the child's mouth water!"

"Sen yeter ki oku Salih, ceketimi satar okuturum seni."

Küçücük bir toprağımız vardı. Ama oradan kazandığımız boğazımıza yetmezdi. Onun için annem de babam da toprağı çok olanların işine giderlerdi. Ben de onlarla birlikte giderdim, sepetimizde soğanımız, çökeleğimiz olurdu. Şayet karakız yumurtlamışsa, bana haşlanmış bir yumurta.

Karakız'ın yumurtalarını hep bana yedirirlerdi, akıllı olayım diye. Gerçekten de çok akıllıydım ben. Birinci sınıftan başladım birinci olmaya ta beşinci sınıfı bitirinceye dek.

Kasaba, köyümüze çok uzak değildi. Ben para vermezdim, öteki çocuklar verirlerdi, sırasıyla her hafta traktörü olan biri arkasına taşıyıcısını takar, biz ortaokullu çocuklar içine doluşurduk. Yağmurlu havalarda kocaman bir brandayı tepemizden aşırdık mıydı, yirmi dakikanın içinde brandanın altında şarkılar türküler söyleye söyleye okulumuza varırdık. Hava ısınınca çoğu zaman traktörü beklemez, yaya yola düşerdik, ne ki adımını hızlı attın mıydı kırk dakikada evdesin. O da bir şey mi?

Ortaokulda da aynı şeyi söylüyordum babama, anneme:

And my father would swear oath upon oath:

"You just study away, Salih. I'll sell my jacket to pay for your studies."

We had a small patch of land. But what we cultivated there was not enough to feed us. So my parents would go and work for those who had larger patches of land. And I would go with them, with a few onions and skimmed-milk cheese in our basket. If by any chance Karakız laid an egg, then I would have a single boiled egg.

They would give me all the eggs that Karakız laid, in the hope that they would make me more intelligent. And, to tell the truth, I was not at all stupid. From the first year, right until the fifth, I always came first in the class.

The town wasn't so far from our village. Taking it in turns each week, whoever had a tractor would hitch up a trailer behind, and together with the children from the middle school, we would cram into the back and ride to school. The other children would contribute some money but I was never asked to pay. Whenever it rained, we would throw a great tarpaulin on top of us, and in the twenty minute ride to school we would sing folk songs. And when the weather warmed up, we wouldn't wait for the tractor but took the footpath instead; and if we were quick, we could be home in forty minutes. It was that easy.

"Sizi kurtaracağım anneciğim, babacığım, hele şu ortaokul bitsin, lise bitsin, üniversite bitsin, işte o zaman tamam. Belki köyde bile oturmayız. O ufacık toprak parçası mı, veririz yarıcıya veya kiraya, çeker gideriz şehre, bir apartman dairesine..."

Anacığımın gözleri ışıldardı.

"A köyümü evimi ararım ama, bıktım bu evden de yokluktan da, haydi Salih, göreyim seni, oku, bitir, kurtar bizi şu rezillikten. Son yaşımızda baban da ben de bir güzel rahat edelim" derdi.

Yabancı dil ve matematikte biraz zorlanıyordum ama, aklıma babamı annemi kurtaracağım gelince, bir güç geliyordu bana, saatlerce çalışıp matematikten de, yabancı dilden de iyi notlar alıyordum.

Ah o düşlerim...

Köşe bir apartmanda köşe bir daire. İki yana bakan balkonu var. Benim kocaman bir odam var. Gittim gördüm, sınıf arkadaşımın kasabadaki evleri öyle. Metin'in öyle kocaman bir odası vardı ki. Karyolası da var, tahtadan. Sonra kitaplığı var. Kitaplığın üstünde de bir yığın oyuncağı var. İşte öyle bir odam olacak.

Sabahleyin kalkacağız, hep birlikte masanın başında kahvaltı yapacağız. Metinler öyle

When I started middle school, I said exactly the same thing to my parents:

"I'm going to rescue you from all this misery. Just let me finish middle school, then high school, and then university and then we'll be OK. Maybe we won't even live in the village any more. We'll either give that small patch of land to a share-cropper, or put it up for rent, and move to the city where we'll live in a flat..."

My mother's eyes would glitter.

"I'd miss my village and this little house," she would say, "but at the same time, I'm sick of it, I'm tired of this wretchedness. Come on, Salih, let's see what you can do, finish your studies and save us from all this misery. Let me and your father have a comfortable life in our old age."

I found maths and foreign languages difficult, but with the thought that I would save my parents from their misery, I would study for hours and even managed to come out with good marks in these two subjects.

Ah, those dreams...

A little flat in the corner of some apartment block. With a balcony that looked out on two sides. And I would have an enormous room. I'd seen the houses of my school friends who lived in the town. They were like that. Metin's was like that. He had a huge bedroom. And a bed too, made of wood. And bookshelves. And on top yapıyorlardı. Metin'in babası herkesten önce kahvaltı masasından kalkıyor, işe gidiyordu.

"Hoşça kalın çocuklar, hoşça kal karıcığım," diyordu.

Ben de öyle yapacaktım:

"Hoşça kal anneciğim babacığım" diyecektim.

Kim bilir belki karım da olurdu, aynı Metin'in babası gibi, karıma:

"Hoşça kal karıcığım" derdim.

Der miydim, yoksa annemin babamın yanında "Karıcığım" demeğe utanır mıydım?

Birinci karne hiç zayıfım yok.

İkinci karne, teşekkür aldım. Uf, çocuklar beni kıskanmıyorlardı ama anaları babaları kıskanıyorlardı. Kahve yanında öyle diyorlarmış,

"Len len, bizim çocuk bir Öksüz'ün Mıstafa'nın Salih'i gibi olamadı. Yoksa Salih'in yediği ot, içtiği çorba. Bizimkisi tatlıyı, eti yer, şerbeti içer, yine de sınıfta kalır."

Daha üniversiteyi bitirmeme yıllar olmasına karşın, annem de babam da el işine giderlerken sanki son gidişleriymiş gibi, of the bookshelves, a whole pile of toys. That was how my room was going to be.

And we would get up in the morning and all sit round the table to eat breakfast. That was how Metin's family ate. And Metin's father would be the first to get down from the table to leave for work.

"Bye, children. Bye, my love," he would say to them.

And I imagined that I would one day do the same:

"Have a good day, Mum and Dad!"

Who could tell, maybe I would even have a wife, and just like Metin's father, I would say to her:

"Bye, my love."

Would I? Or would I feel shy to utter those words in front of my parents?

On my first report, I didn't get a single bad mark.

In my second report, I got praise. The other children weren't jealous of me but their parents were filled with envy. In the café they would say:

"Hey, our kids haven't done as well as Orphan Mustafa's son, Salih. Or is it the herbs they feed him? Or the soup? Our kids eat puddings and meat and we give them sherbet to drink and they still fail."

Although there were years to come before I finished university, my parents would go off to the fields to work as if it were their last time.

"Eee şurda ne kaldı ki? Kurtulacağız. Daha doğrusu bizi oğlumuz Salih kurtaracak... Hı Salih?" diyorlardı.

"Ne diyorsun anacığım, sınıflarımı su gibi geçeceğim. Üniversiteyi hemen bitireceğim. Kurtaracağım sizi rezillikten" diyordum.

"Var ya Salih oğlum" diyordu babam, "Ceketimi satarım, ceketimi... Aman oğlum sen şehir yerine bakma, orasının alaverası dalaverası çoktur, okuluna bak, bizi kurtar..."

Nasıl bitti gitti üç yıl? Bir baktım ortaokul diplomamı almışım. Köyün gözü bende. Öksüz'ün Mustafa'nın oğluyum ya, bakalım liseye gidebilecek miyim, yoksa gidemeyecek miyim? Kolay mı çocuğu lisede okutmak? Ühüüü, giysisi, kitapları, harçlığı...

"Ee desene len bakiyim Mıstafa, okutacak mısın len çocuğu lisede?"

Babam öyle başını sallıyor ki, hu çeken dervişler gibi.

"Okutacağım ya, ne diyonuz. Üniversiteyi de okutacağım. Maşallah benim Salih, ühüüü..."

Gerçekten ühüyüm... Ortaokul bitmiş, kollarıma biraz güç gelmiş, eh artık, yarım günlük marım günlük, ben de annemle babamla birlik-

"Not much longer and we'll be saved. Or to be more precise, our son Salih is going to save us, aren't you Salih?"

"What do you mean, Mother? Of course. At school I'm passing through my classes like water. I'll finish university straight away and save you from all this wretchedness," I would say.

"I'll sell my jacket, Salih," my father would repeat. "But mind you, don't get led astray in the city. It's full of swindlers and cheats. Concentrate on your studies. Save us from this wretchedness…"

How did three years fly past so quickly? In a flash, I had my diploma from middle school. The eyes of the village were upon me. I was the son of Mustafa the orphan, but they wondered if I would make it through high school or not? There was a uniform to be bought, books and all sorts of other expenses…

"Hey, tell us mate, Mustafa, let's see, are you going to get your son through high school?"

But my father would dismiss them with a wave of his head, like a dervish throwing off the world.

"Of course, he'll finish high school, what are you saying? He'll even finish university. Well done, Salih!"

And it really was 'well done'! I'd finished middle school and my arms were thickening out. For half a day

te el işine gidiyorum, lisede harcayacağım parayı biriktiriyorum. Annem de babam da:

"Oğlum sen kış boyu okudun, yoruldun, otur, dinlen, biz gideriz, biz para kazanırız" diyorlardı ama, ben durmuyordum.

Üç yıl lise, ondan sonra da üniversite. Epeyce yıl var daha kurtulmamıza ama yıllar ne ki, çabuk geçer gider.

Akşam bulgur çorbamızı içiyoruz, babam hemen ceketini çividen alıp yere atıyor:

"Şu ceket var ya şu ceket, işte bu ceketi satar okuturum seni oğlum. Yeter ki yüzümü kara çıkarma, kurtar bizi şu rezillikten..."

Annem de diyordu ki:

"Köyümü avlumu özlersem giderim şehirde bir parka, oturur oturur sonra apartman daireme dönerim."

"Yaa," diyordu babam, "Elif bir çay demlesin, atarız seninle sandalyeleri balkona, üff, çayımızı içeriz... Canım sonra hasta neyim oldun muydu şehir yeri, doktoru hazır, hastanesi hazır. Kim bilir belki de Salih doktor olur."

İşte o zaman annem de babam da ikisi birden alkış tutuyorlardı bana.

here and there I was going off to the fields to work with my parents. I was saving up for going to high school.

"Son," my parents would say, "you've worked hard all winter with your studies. You're tired. Take a rest. We'll go to work and earn the money." But I wouldn't take any notice of them.

There were three years of high school, then university. The time when I could save my family was still years away. But what were years? They'd soon go by.

In the evening we would have cracked-wheat soup and my father would take his jacket down from the nail, spread it on the floor and say:

"You see this jacket? Well, I'm going to sell this jacket so that we can afford to send you to university. Just don't you do anything to shame me; get us out of this misery..."

And my mother would add:

"When we move to the city, if I miss this little garden in the village I'll go to a park and sit. Then later I'll return to my flat."

"Yes," my father would say. "You'll make us some tea, Elif, and we'll sit down on our chairs on the balcony and drink our tea. And, if I happen to get ill, the doctor and the hospital are both close at hand in the city. Who knows, maybe Salih will even become a doctor."

And then my parents would applaud me.

Liseye yazıldım. İlk kez Hüsnü amcanın kızı bana "Liseli" diye seslendi. Bu Huriser'in de bende gönlü mü var ne? Bilmedim ki o zaman. Benim gönlüm Huriser'de değil, Gülser'de. Dur bakalım hele, öyle gönüle mönüle yer yok, daha lise birdesin, hem unutma, sen ona buna gönül vermek için okumuyorsun, annenin babanın rezilliği ortada, onları kurtarmak için okuyorsun.

Kahve yanında:

"Eee len Mıstafa, lise, ortaokula benzemez, nasıl gidiyor hele Salih'in dersleri?" diyorlarmış.

Babam da göğsünü gere gere:

"En iyi, en birinci" diyormuş.

En iyi, en birinci değildim ama, yine de sınıfın iyilerindendim. Birazcık edebiyattan, birazcık da fizikten zorlanıyordum ama bisikletimin pedallarına hızla basıp yolları hızla aşınca evde kitabın başına kapanıp saatlerce fizik, saatlerce edebiyat çalışıyordum.

Bakkalın orada duydum:

"Len be, bak sen şu Öksüz'ün Salih'e, liseyi de bitirdi len, eh vallaha bu çocuk okur. E yani Mıstafa'nın da kurumundan geçilmiyor ha, dersin oğlu birinci dokdur çıkmış, öyle geziyor gavat kasıla kasıla..." diyorlardı.

I enrolled in high school. It was uncle Hüsnü's daughter, Huriser, who was the first to call me a "high school kid". Maybe she'd set her heart on me. I didn't understand in those days. But I didn't care much for Huriser and instead I had my eyes on Güliser. But hang on a moment! There was no place yet for chasing girls. I was still at high school, don't forget. And if I didn't study hard I'd never save my parents from their misery. That was why I was studying after all, wasn't it?

In the café, people were talking:

"Hey, Mustafa, high school's not like middle school. How are Salih's lessons going?"

And my father would tighten his chest and reply:

"He's the best. Top of the class."

I wasn't actually top of the class, but things were still going well. I found literature and physics difficult, but after pedalling furiously home on my bicycle, I would study both of them for hours.

I overheard them at the grocer's:

"Hey, look at that orphan's son, Salih. He's even finished high school. Now there's a lad knows how to study. But that Mustafa's getting big-headed as if his son's become a doctor, swaggering about like that, the bastard..."

Still my father would take off his jacket and spread it out on the floor:

Babam yine ceketini kaldırıp yere atıyor:

"Satarım ben bu ceketi, satarım, yine de seni okuturum oğlum. Haydi bakalım kazanırsın inşallah üniversiteyi. Eee artık kasaba değil orası, daha dikkatli, daha uyanık olman gerek" diyordu. Annem de:

"Eee Mıstafa, şunun şurda kurtulmamıza ne kaldı?" diyordu.

Nasıl bekliyorum üniversite sınav sonuçlarını.

Metin kurslara gitmişti, ben gidememiştim. Babasıyla birlikte üniversite giriş kâğıtlarımızı doldururken Hicri Amca demişti ki:

"Bak oğlum Salih, şimdi buraya doktorluk moktorluk yazarız, ama puanı yüksek olur, kazanamazsın, o zaman üniversiteye giremezsin. Sen ne diyorsun, bir an önce annemi babamı kurtaracağım, diyorsun. Onun için bana kalırsa sen başka fakülteleri yaz" diyordu.

Akıllı adam Hicri Amca. Birkaç şey yazdı, arkeoloji de yazdı. Ben daha o zamana dek arkeolojinin ne olduğunu bilmiyordum. Geldi ki üniversite kâğıdım, arkeolojiyi kazanmışım. Evde bayram oldu. Ama ben bayram yapamadım. Çünkü arkeolojinin ne olduğunu öğrenmiştim. Babam durup durup:

"I'm going to sell this jacket. I am going to sell this jacket so that we can afford to let you study. With any luck, you'll get to university. Ah, you'll have to watch out, keep your eyes open, that place is not like some town." And my mother would add:

"Ah, Mustafa, what is there now to stop us being saved from this misery?"

I could hardly bear to wait for the results of the university entrance exam.

Metin had been going to some courses to prepare for the exam, but I hadn't been able to. I went with his father to fill out the registration form and whilst I was filling it out, Uncle Hicri said to me:

"Now look here, Salih, we could go writing down medicine and so on, but you would need a lot of points to get in and you would risk being left with nothing. What do you think? But you have to help your parents out as soon as possible, you were telling me. So, if you ask me, I would put down for some other faculty."

Now this Uncle Hicri was an intelligent man and he wrote down several subjects including archaeology, even though, at that time I didn't know what archaeology was. And when I got my acceptance to university, lo and behold, I was registered for archaeology. My parents were overjoyed, but I had no reason to be happy, because in the meantime I had found out what this 'archaeology' was. My dad kept on asking:

"Söyle hele en son ne olursun Salih, en büyük?" diyordu.

"Müze müdürü baba."

"Uf bee, oğlum müdür. Aylık da ona göre okkalıdır. Hey müdür anası..."

Anacığım seviniyordu, o da babama:

"Hay müdür babası" diyordu.

Babam o sevinçle yere attığı ceketini sırtına geçiriyor, kahve yanına gidiyordu.

"Eee demek yeri kazacaksın ha len Salih?"

"He ya Duran Amca."

"Yani defineci mi olcen len?"

"Yok Duran Amca, yerin altından eski eserler, tarihsel şeyler..."

İstediğin denli anlat, adım bir anda köyde "Defineci" oluverdi, hem de nasıl, küçümseyerek.

"Onca oku, sonunda defineci ol. Uzunkulakların Cafer okumadan defineci oldu len" diyorlardı. Sonunda babam kahvenin ortasında bağırıyormuş:

"Müdür olcek len müdür, yangınınızdan çatlayın" diyormuş.

"Tell me, son, what's the best post you can get with this archaeology?"

"A museum director, Dad."

"A director! With a fat salary. Hey, listen to that, mother of the director!"

My mother was over the moon and said to my father:

"Father of the director..."

My father picked up his jacket off the floor and throwing it over his shoulders went off to the café.

"So, Salih, you're going to be digging up the fields?"

"Yes, Uncle Duran."

"You're going to be a treasure seeker?"

"You've got it wrong, Uncle Duran – old objects, historical artefacts from deep in the soil..."

Be as tactful as you like, but from that moment on, for the villagers I had become a treasure seeker, and they would put me down:

"First study and then become a treasure seeker. Cafer of the Uzunkulaks became a treasure seeker without all this studying," they would say. And in the end, my father would shout back at them:

"My son's going to be a director. A director! May you choke on your jealousy!"

Babam yine ikide bir ceketini kaldırıp yere atıyordu ama, gerçekten masrafım çoktu. Öyle ceket satmakla falan olacak gibi değildi. Yurt parası, yemek parası, kitaplar, araç... Sanırım annem babam el işinde kazandıklarının hepsini benim için harcıyorlardı.

"Şurda iki yıl kaldı" diyordu annem.

"Şurda bir yıl kaldı" diyordu babam.

"İşte bitti" dedim ben.

Eh artık babamın ağzı kulaklarına varıyordu, annem giysisinin içine sığmıyordu coşkusundan. Köyün hiçbir kızını beğenmiyordu, hele bir kente gidelim, böyle araya sora en iyisini en güzelini bulacaktı.

Hele bana önce bir iş...

Yahu ne kolaymış ortaokullar, liseler, üniversiteler bitirmek. Ne zormuş iş bulmak.

Evet, dünyanın en zor işi iş bulmakmış meğer.

Başvurularıma yanıt vermiyorlardı. Bazı yerler "Sınav açacağız ama tarihi belli değil" diyorlardı. "Üç ay sonra, beş ay sonra?" diye soruyordum. Omuzlarını kaldırıyorlardı,

"Bakmışsınız hiç açmazlar, vazgeçerler" diyorlardı.

Once again my father would start to spread his half-a-jacket on the ground, but now we really had some expenses. It was not just a case now of selling some jacket. We had the dormitory fees, meals, books, travel expenses. It was as if my parents spent every last hard-earned penny on me.

"Two more years left," said my mother.

"One year left," said my father.

"It's finished!" I announced.

And now at last my father's smile was so wide that it reached his ears. And my mother was so overflowing with happiness that her clothes weren't enough to contain it. A village girl wouldn't be enough for you. Let's go to the city and find you the most beautiful girl.

Hang on a minute. First, I've got to find a job.

Wasn't it easy to get through middle school, high school, university? Wasn't it impossible to find a job!

Yes, the hardest work in the world was finding work.

Whoever I sent off my applications to never replied. In some places they told me there would be an exam but they didn't know when. "In three months? In five?" I would ask them. But they would only shrug their shoulders.

"Well, maybe it will never happen. They might change their minds."

Companies I called on would say to me:

Yüz yüze başvurduğum yerler:

"Adres bırakın, biz sizi ararız" diyorlardı.

Koca bir yıl geçti. Evet evet, mezun olduktan sonra koca bir yıl geçti, iş yoktu. Defineci Cafer ikide bir benim yanıma geliyor,

"Len Salih öyle bir yer biliyorum len, ühüüü iki küp altın, sen bu işin ilmini biliyon, gel birlikte kazalım" diyordu.

Cafer'i başımdan zor savıyordum.

Babamın kamburu çıkmıştı sanki, annem ufalmıştı. Ama yine işe gidiyorlardı. Benim işe gitmeme izin vermiyorlar,

"Aman oğlum, sen iş ara" diyorlardı.

Koca bir yıl daha geçti. Yine iş yoktu.

Hayır artık, ne annemi dinledim, ne babamı, kaptım çapayı, düştüm annemin babamın ardına, Doğan Bey'in tarlasına. Beni gördü Doğan Bey:

"He ya, dedi, orda da toprağı kazacaktın, burada da toprağı kazıyorsun, arasında ne fark var ki? Onca okudun, yidin paraları... Bir çapa nasıl tutulur onu bile öğretmemişler sana..."

Anneme, babama baktım, başlarını yere eğmişler ver ediyorlardı çapayı toprağa...

"Leave your address and we'll get back to you."

A whole year passed. Yes, precisely. After graduation, a whole year passed and still there was no work. Treasure hunter Cafer came up to me:

"Hey, Salih, I know this place, whewww, there's two golden vessels, you know about this sort of stuff, let's go and start digging."

I sent him packing.

It was as if my father had become hunchbacked, my mother had shrunk. Still they went to work. But they wouldn't let me go to work with them.

"You look for a proper job," they would say.

Another year passed and still there wasn't any work.

Now I wouldn't take any notice of my mother or father. I took up a mattock and followed my parents to Doğan Bey's fields. When Doğan Bey saw me, he said:

"You were going to till the ground there, and now your going to till the ground here. What's the difference? First you studied and it ate up all the money... And they didn't even teach you how to hold a mattock..."

I looked at my parents. They'd already started tilling the soil...

## Ayvayı Yedik

ABD Başkanı'yla bizim Başbakan Washington'da başbaşa görüşecekler. Uzun zamandır beklenen bir buluşma olacak. Çok da önemli. Ülkemizin birçok sorunu var, ama bunca sorun acaba yirmi dakikada çözülebilecek mi? Ah ne olurdu sanki ABD Başkanı bizim Başbakan'a şöyle yarım saatçik, kırk beş dakikacık zaman ayırabilseydi?

Nerede?

Aslında ABD Başkanı bizim Başbakan'a on beş dakika ayırmış da, araya bilmem kimler girmiş, bunu beş dakika daha uzatmışlar.

Eh artık gayret dayıya düşüyor, bizim Başbakan'ın çenesinin işlemesine bağlı bu iş. Ama hayır, biliyoruz biz Başbakanımızı, çabuk konuşur, ınlamaz, mınlamaz, adam olana yirmi dakika az bir zaman değil, yeter ki sen dakikaları iyi kullan. Hatta gerekirse sözlerinin arasına "sayın başkan" gibi seslenmeler de koyma, bir makine gibi takır takır anlat ülke sorunlarını ve koparacağını kopar.

# We've Got Ourselves into Trouble

Our prime minister is due to meet the president of the United States in Washington. The meeting has been long awaited and is of great importance. Our country has many problems, but can they really all be solved in a meeting that's due to last only twenty minutes? Couldn't the American president perhaps have spared half an hour, forty-five minutes?

Not likely!

In fact, the American president had allotted only fifteen minutes for the meeting with our prime minister, but someone, somewhere had managed to get this extended by another five minutes.

It's our last resort, and it's entirely dependent on our prime minister's chin-wagging. We know that our prime minister is a fast talker who doesn't hesitate, and he can get a lot said in twenty minutes, but he'll have to use the time wisely. Skipping phrases like "Your Excellency" if necessary, and rattling off our country's problems like a machine, he'll get what he can out of them.

Their handshake outside the American president's office is going to be shown live on television, then whilst the

Bizim Başbakanın ABD Başkanı'nın odasına girişi canlı yayın olarak gösterilecek. Başbakanımız içerdeyken biz Amerika'nın orasını burasını izleyeceğiz. Bu arada ABD ile bizim dostluğumuz anlatılacak, elbette tarihten gelen. Sonra canlı yayın yine bizi alıp ABD Başkanı'nın kapısına götürecek. Bir bakacağız ki bizim Başbakanla ABD Başkanı kapıdan çıkıyorlar, konuşmak için bahçedeki kürsüye doğru ilerliyorlar.

Eh, hem dostumuz hem müttefikimiz, hem canımız, hem ciğerimiz olduğu için Amerika, eeee, bizim de sorunlarımız çok olduğu için elbette dibek gibi otururuz televizyonun başına, bu canlı yayını izleriz...

İşte Başbakanımız... Uf bee, ABD Başkanı onu kapıda karşılıyor. Elini sıkıyor. Hararetle. İstemese hararetle sıkmaz. Hem de nasıl sıkma, çok içten, birkaç kez sıkıyor, görülmemiş şey...

Şapkaları havaya atıyoruz. Harika bir başlangıç.

ABD Başkanı çok nazik, buyur ediyor bizim Başbakanı... Uf be, bizim Başbakan ABD Başkanı'nın önünde yürüyor. Seslendiren:

meeting is in course, there will be footage of various parts of America. And meanwhile there will be a commentary that traces the history of the friendship between the two countries. Then, once again, the footage will come live and show the door of the American president's office. We'll see our prime minister and the American president come through the door and step towards the rostrum in the garden to give their address.

Well, since America is our friend and ally, and we've got a whole host of difficulties, no wonder we're following the live coverage, stuck in front of the television like rolling-pins.

Here's our prime minister... Look at that, the president of America is meeting him at the door. They're shaking hands. Fervently. And one doesn't do that unless it's meant. And look how they shake hands... heartfelt, several times, nothing like it has ever been seen before...

We throw our hats in the air. A wonderful beginning.

The American president is extremely polite and lets our prime minister go first... Wow, our prime minister is leading the way.

"The American president," said the commentator, "meets his most important visitors outside." The feeling can only be compared to moments such as when the Turkish football team, playing at home, scores a goal against their opponents.

"ABD Başkanı çok önemli saydığı kişileri böyle dışarda karşılar" diyor. Sanki bizim evde Türk takımı yabancı bir takıma gol atmış gibi,

"Oooo!" sesi yükseliyor.

Salt bizden değil, evimizin karşısındaki kahvehaneden de bu "Oooo!" sesi yükseliyor. Elbette, bu ulusal olayla ilgilenen yalnız biz değiliz, herkes ilgileniyor. Çünkü, ucunda herkesin küçük de olsa bir çıkarı var.

"Asıl çıkarı olan Amerika" diyor karım.

Nasıl da pişmiş aşa su katmayı sever şu benim hanım. Hani azıcık sesli düşünme.

Evet, şimdi bizim Başbakan yine önde, ABD Başkanı arkasında. İkisinin de yüzü gülüyor. Bizimki hızlı hızlı yürürken bir şeyler söylüyor. ABD Başkanı bir adım atarak, bizimkinin yanına yaklaşıyor, o da bir şey söylüyor, ama biz anlamıyoruz, gülüyorlar. Çok nefis bir görüntü, yani şöyle elele tutmaları yakışır, ama tutamazlar, olmaz. Başkaları ne anlar sonra. Derler ki ABD Başkanı hakları olmadığı halde Türklere torpil yapacak. Kapılar açıldı. Şimdi başbaşa yapacakları yirmi dakikalık konuşma için odaya giriyorlar. Kapılar kapanıyor.

Ve hepimiz saatlerimize bakıyoruz. Seslendiren de aynı şeyleri söylüyor:

"Ooohhh!" the cry goes up.

Not just from our house, but from the café opposite, there's a cry of delight. Of course, we're not the only ones to be watching an event of such national importance. Everyone's watching it. Because at the root of it everyone has got something to gain from this meeting, no matter how insignificant.

"But the ones who are really going to benefit are the Americans," observed my wife.

She just has to spoil everything. She can't stop thinking aloud.

Yes, our prime minister's still in front, leading the American president. Both of them are smiling. And as they are hurrying forward, our prime minister is saying something. The American president is taking a step forward and our prime minister is following him, he too is saying something that we can't understand. They smile. It's a fantastic image. Wouldn't it be nice if they held hands, but they can't. It wouldn't be appropriate. What would everyone think? They would say the American president is going to favour Turkey. The doors are open. And now they're stepping into the office to begin their twenty-minute, face-to-face meeting. The doors shut behind them.

All of us look at our watches. The TV commentator is saying exactly the same thing.

"Yirmi dakika sonra sayın Başbakanımız ve sayın ABD Başkanı bu kapıdan çıkacaklar. Başbakanımız bize müjdeler verecek. Şimdi saatlerimize bakıyoruz..."

Ekranda Washington tanıtılıyor, parkları, yolları. Sonra Beyaz Saray tanıtılıyor.

Kahvehaneye bakıyorum, içerdekiler televizyonun başından ayrılmıyorlar. Kendi aralarında konuşuyorlar. Bir ara kahvehaneden sesler duyuyorum. Yine pencereden bakıyorum, galiba birisi kanalı değiştirmek istemiş,

"Bu haberden daha önemlisi var mı ki lan kanal değiştiriyorsun!" diye biri bağırıyordu.

Biz de kanal değiştirmiyoruz. Şunun şurasında on dakikası geçti bile. Dakika dediğin ne ki? Mutlaka içerde harıl harıl birtakım şeyleri anlatıyordur bizim Başbakan. ABD Başkanı da başını sallaya sallaya dinliyordur. Ha gayret Başbakanım, aman hiçbir sorunu bırakma, hepsini anlat...

Yirmi dakika dolmuş olmalı... Evet evet demek ki dolmuş. Gerçi benim saatimle on dokuz dakika olmuş ama, canlı yayının seslendiricisi yine o kapının önünde, saatine bakıyor, konuşuyor:

"In twenty minutes time, our prime minister and the esteemed American president will come out of those doors. Our prime minister will deliver the good news. And now we're all looking at our watches..."

The screen shows shots of Washington: parks, streets, and then the White House.

I look out of the café opposite. No one takes their eyes off the television. They are talking among themselves. Then, after a while, I hear a noise. I look out of the window. Someone apparently wants to change channels.

"What more important news can there be than this, mate! And you want to change channels?" someone is shouting.

We don't change channels either. Ten minutes have now gone by. But what does that matter? Without a doubt, our prime minister is assiduously explaining a whole load of important matters. The American president will be listening and nodding his head. Our zealous prime minister, tell him everything, don't leave any stone unturned...

Twenty minutes must have gone by already... Yes, absolutely, they've finished. To tell the truth, by my watch, I make it only nineteen minutes, but the commentator is already standing outside the door, looking at his watch and saying:

"Evet sayın izleyiciler, şimdi biraz sonra Başbakanımız ve ABD Başkanı çıkacaklar ve biz de iyi haberleri alacağız."

Seslendiren saatine bakıyor. Kapıya bakıyor. Saatine bakıyor. Kapıya bakıyor. Ne yapsın kapının rengini söylüyor:

"Kapı koyu krem renginde sayın izleyiciler..."

Yirmi üç dakika oldu. Seslendiren huzursuz, ama yüzü gülüyor. Konuşuyor:

"İçerden bir tıkırtı geldi sayın izleyiciler"

Hepimiz kulak kabartıp bu tıkırtıyı duymaya çalışıyoruz.

Otuz dakika oldu...

Seslendirenin yüzü gülüyor, mutlu:

"Sayın ABD Başkanı çok önemli görmüş olmalı ki, konuşmayı on dakika uzatmış bulunuyorlar. Bu çok önemli, çok heyecan verici bir olay. Çünkü bu sarayda dakikalar hatta saniyeler çok değerlidir. İçerde çok önemli bir karar verilmek üzere, onun için bu on dakika..."

Ne on dakikası, bizim Başbakan içeriye gireli şu anda tastamam kırk beş dakika oluyor... Elbette televizyon bize salt koyu krem kapıyı

"Ladies and gentlemen, in a short time, our prime minister and the American president will come through the door to deliver the news."

The commentator is looking at his watch, and now at the door. At his watch again. At the door. He's at a loss for what to say and starts describing the colour of the door:

"The door here is a dark cream colour…"

Twenty-three minutes have now gone by. The commentator seems impatient, but he keeps smiling.

"I can hear a rattling noise from inside…," he says.

We strain our ears trying to hear it too.

Thirty minutes have now gone by…

The commentator is smiling, he's happy:

"Seeing as matters are so pressing and important the American president has decided to extend the meeting by a further ten minutes. This is hopeful and exciting news. Because here at the White House, minutes and even seconds count. Inside, they're about to make a very important decision, and hence the extra ten minutes…"

But it's not just ten minutes. It's now exactly forty-five minutes since our prime minister went inside. And of course, now the television is showing us images, not just of the dark-cream-coloured door, but of the White House garden, the flowers, the trees…

göstermiyor, yine Beyaz Saray'ın bahçesini gösteriyor, ağaçlar, çiçekler...

Türk halkı saatine bakıyor...

Yahu elli dakikadır bizim Başbakan içerde...

Kahvehanedeki biri bağırıyor:

"Yaşaaa, Başkan borçları siliyor..."

Öyle ya, yirmi dakika deyip, bizim Başbakan'ı içerde elli dakika tutarsa vardır mutlaka bunun bir nedeni. Evet niçin olmasın, borçlarımızı silemez mi, sildiremez mi?

Canlı yayını yapan kişi görülüyor ekranda, o da şaşkın, ama mutlu şaşkınlardan, ağzı kulaklarına varıyor:

"Sevgili izleyiciler, hiç olmamıştı böyle, hiç hiç. Beyaz Saray tarihinde hiç böyle bir olay yok. Bizim Başbakan koparıyor, evet koparıyor..."

Kahvehanede sanki Avrupa'nın en ünlü takımına gol atmışız gibi büyük bir gürültü. Sesler birbirine karışıyor. Ve hemen ardından bir tempo:

"Ya ya ya şa şa şa, Başbakan Başbakan çok yaşa."

Everyone in Turkey is looking at their watches.

Hey, our prime minister has now been inside for fifty minutes.

At the café opposite, someone is shouting out:

"The president is wiping out our debts. Long live the president!"

He's right. If the prime minister goes inside for a meeting of twenty minutes and ends up staying fifty, that can be the only reason. And why not? Can't our national debt be cancelled?

Once again we see the commentator on our screens. He looks confused but so happy that his smile stretches from ear to ear.

"It wasn't expected to turn out like this. Never before, in the history of the White House, has such a thing happened. Our prime minister is getting something out of it, yes, he's getting something out of it…"

From the noise coming from the café you would think that we'd just scored a goal against the most famous team in Europe. The voices mix with one another. And then, from behind them, in a chant:

"Long, long, long, live, live, live, the prime minister!"

It's impossible. An hour and twenty minutes have gone by! Yes, it's an hour and twenty minutes that our prime

Olamaz... Bir saat yirmi dakika oldu, evet evet, bir saat yirmi dakika oldu hala Başbakanımız içerde. Yirmi dakikalık buluşma, bir saat yirmi dakika oldu.

Yaşasın!..

Salt ben demiyorum ki "Yaşasın" diye. Kahve halkı da bağırıyor. Salt kahve halkı mı, Bakkal Mustafa da çıkmış bağırıyor, ayakkabı onarıcısı Tahsin de.

Apartman dairelerinden aşağıya inenler var. Yüzler gülüyor...

Bakkal Mustafa bağırdı:

"Yaşadık kredi geliyor, kredi..."

Ben de havaya fırladım. Öyle ya ülkenin en fazla krediye gereksinme duyduğu bir zaman.

Canlı yayını yapan kişi ve Başbakan'la ABD Başkanı'nın çıkacağı kapı sık sık ekrana geliyor. Kapı ne zaman ekrana gelse, sokaktan bir alkıştır kopuyor. Ne sokaktan, mahalleden de değil, kentten, Türkiye'den. Koca Türkiye bir göz olmuş bu kapıyı izliyoruz. Seslendiren:

"Sevgili izleyiciler, bundan büyük bir mutluluk düşünemiyorum," diyor. Tastamam iki saat yirmi dakika oldu, sayın Başbakanımızla ABD Başkanı içerdeler. Ara sıra bir tıkırtı duyup ben

minister has been inside. A twenty-minute meeting has gone on for an hour and twenty minutes.

Long live the prime minister!

And it's not only me who's saying long live the prime minister. At the café opposite, all of them are chanting it. And not just those at the café. Even Mustafa the grocer is outside cheering, and the shoe-repairer, Tahsin.

People are coming out of their apartments and into the street. There are smiles on their faces.

Grocer Mustafa is shouting:

"We're saved! We've got credit! Credit..."

I leap into the air. It's the time that the country needs credit most.

The coverage keeps returning to the commentator and to the door through which the prime minister and the American president are shortly expected to emerge. And whenever the door is shown on the television a round of applause breaks out in the street. But not just from the street, the quarter, but from the whole city, the whole of Turkey. The whole of great Turkey has become an eye fixed on that door.

"I can't imagine any greater happiness," the commentator is saying, "it's now two hours and twenty minutes that the prime minister and the American president have been inside. Every so often, I can hear a rattling sound, and like you all, I get excited. But they're

de sizin gibi heyecanlanıyorum ama, hayır çıkmıyorlar, içerde başbaşa vermiş, Türkiye'nin sorunlarını hallediyorlar..."

Aaa... Aa... Aynı maçlarda yabancı ülkeleri yendiğimiz zaman yaptığımız gibi korna sesleri gelmeye başladı caddeden...

Dat dat dat... Dit dit dit...

A bayraklısı da var arabaların, tempo tutmuşlar:

"Türkiye, şak şak şak... Türkiye, şak şak şak..."

Sokakta birbirine sarılanlar mı ararsınız, öpüşenler mi ararsınız. Hiçbir şeyden haberi olmayan çocuklar bile büyüklerinin bu mutluluğuna, sevincine katılmışlar, gülüyorlar, bağırıyorlar, o yana bu yana koşuşuyorlar.

Başbakanımızla ABD Başkanı'nın başbaşa görüşmeleri üç saat on iki dakika olunca bir işadamımız canlı yayına çıkıverdi, gözlerini belerte belerte:

"Çok hayırlı bir durum, çok iyi bir durum." dedi. "Benim yaşımı biliyorsunuz. Ben bu yaşa geldim, böyle bir şey görmedim. ABD tarihinde bunun başka örneği yok. Bu demektir ki IMF bize oluk gibi akıtacak... Zaten Türkiye büyük

not coming out. They're putting their heads together and solving Turkey's problems..."

And, just like when Turkey defeats a foreign football team, there's a roar of people in the streets blowing their horns.

Beep, beep, beep... Beep, beep, beep!

People are waving flags from the cars... They're chanting and clapping their hands:

"Turkey," clap, clap, clap... "Turkey," clap, clap, clap!...

In the streets outside, people are hugging and kissing one another. And even children, not yet old enough to understand the news, have joined in the happiness and celebration and are smiling, shouting, and rushing about.

By the time the meeting between our prime minister and the American president has gone on for three hours and ten minutes, an official with wide, staring eyes comes on the television:

"We're in luck, it's a very promising situation. You all know how old I am. And in all my life I've never seen anything like it. There's no precedent for it in the whole of the history of the United States. It means that the IMF is going to open the sluices to us... Turkey is a big power... the vision of the whole Middle East..."

Cars are filling the streets...

ülkedir, zaten Türkiye, Ortadoğu'nun vizyonu olan..."

O denli sıklaştı ki caddelerdeki arabalar...

Ülkede bayram var.

Koyu krem kapı. Canlı yayını yapan kişi nerdeyse harmandalı oynayacak. Oranın bir görevlisine sormuş.

"Ben altmış sekiz yaşındayım, şimdiye dek böyle bir şey görmedim" demiş. Ve eklemiş, "İçerde çok önemli şeyler olmalı..."

Evet oluyor oluyor...

Bir gazeteci yorumcu ekrana çıktı, uzun uzun birtakım şeylerden söz ettikten sonra,

"Galiba sayın izleyiciler Avrupa Topluluğu'na giriyoruz" dedi.

Balkonların pencerelerinden bayraklar sarkıtılmaya başlandı. Sokaklarda kaynana zırıltıları, borazanlar ötmeye başladı.

"Yaşa Başbakan," "Yaşa ABD Başkanı" sözcükleriyle yer gök inledi. Tastamam dört buçuk saat oldu, hâlâ sürüyor başbaşa görüşme.

Galiba boru hattı da bu arada halledildi. Avrupa Gümrük Birliği'ne katılıyoruz... Çekiç Güç'ün işi tamam. Fakat en önemlisi dolarlar...

It's become a national holiday.

That dark cream door. The commentator looks as if he's about to start dancing a *harmandalı**. He asks one of the attendants there:

"I'm sixty-eight years old, and I've never seen anything like this." And then added; "Something very important must be going on in there…"

Yes, indeed!

A newspaper reporter comes on the screen and sums up after a long-winded discourse:

"It looks very likely that we are about to enter the European Union."

People have started to hang flags from their windows and balconies. Kazoos are rasping in the streets, trumpets are sounding.

Cries rise up into the sky:

"Long live the prime minister! Long live the American president!"

And now, exactly four and a half hours have passed and the meeting is still continuing.

No doubt they've solved the problem of the pipeline, and we're being invited to join the European customs agreement. The task force is sorted out. But the most important of all, are dollars…

Dollars, dollars, dollars…

Dolarlar... Dolarlar... Dolarlar...

"Ya ya ya şa şa şa, dolar dolar çok yaşa..."

Dört saat otuz yedi dakika sonra, neredeyse canlı yayını yapan kişi düşüp bayılacaktı. Bir o mu, biz de düşüp bayılacaktık. Seslendiren:

"Ka ka ka ka" diyor kapı diyemiyordu.

Kapı açıldı, önde bizim Başbakan çıktı surat bir karış...

Aaaaaa!..

Ardından ABD Başkanı çıktı, surat iki karış.

Aaaaaa!..

Yahu onca başbaşa konuşan iki insanın suratları niçin böyle?

Sanki biri düğmemizi çevirmiş gibi, ülkenin sesi kısılıverdi. Ama gözlerimiz iri iri açmışız, kulaklarımızı dikmişiz, ne diyecekler? Koca ülke bir yürek, ağızlarından çıkacak sözleri bekliyoruz. Yoksa ayvayı yedik mi?

ABD Başkanı kürsüye geldi, nerdeyse ülkecek yüreğimiz duracak...

"Türkiye'nin Başbakanı çok nazik..."

Dur bakalım, ardından ne gelecek?

"Ama bazı şeyler vardır ki naziklik can sıkar..."

"Long live dollars! Long live dollars!"

Four hours thirty-seven minutes later, the commentator looks as if he's about to faint. Either him or us. And then he says:

"The d-d-d-d-d," he stutters so much that he is unable to pronounce the word 'door'.

The door opens and our prime minister steps out bad tempered and sulky...

Aaaaaah!

Behind him steps the American president with a sulk on his face.

Aaaaaah!

For two men who have just had such a long meeting, how can their expressions be so?

It is as if someone has just changed channels, our country is suddenly reduced to silence. But our eyes are wide open and our ears are pricked. We are waiting for what they are about to say. Or are we in deep water?

The American president stepped up to the rostrum, and the hearts of the whole nation skipped a beat...

"The Turkish prime minister is a very refined man..."

What's this leading to?

"But like certain things, one can quickly tire of refinement..."

Aa aa, şu ABD Başkanı'nın dediğine bak, bizim Başbakan nazikliğiyle ABD Başkanı'nın canını sıkmış.

"Ben eskiden beri tavla meraklısıyım..."

Aman Allahım neler duyuyoruz. Hiç olacak şey mi?

"İçeri girince Türkiye'nin Başbakanı'na, tavla biliyor musunuz Sayın Başbakan, dedim. O da bildiğini söyledi. Haydi öyleyse iki el oynayalım dedim. Kabul etti. Oynamaya başladık. Yenildi. Evet nezaket olsun diye yenilmişti belli. Ama ben onun çok iyi tavla oynadığını anlamıştım. Onun için kendisine bırakın nezaketi, şunu hakkıyla oynayın dedim. Hakkıyla oynadığını söyledi. Ama ben biliyordum ki hakkıyla oyna-mıyordu. Alınmayacak yerlere kapı alıyor, vurul-mayacak yerlerde pul vuruyordu. Ben her şeyi bileğimin hakkıyla kazanmak isteğimden tavla maçı işte bu denli uzun sürdü... Ve..."

Ben televizyonu kapattım...

Sanırım herkes öyle yaptı.

Just listen to what the American president is saying! Our prime minister is very refined, but the president gets bored of refinement.

"I've always been curious about this game of backgammon..."

My God, what are we hearing!? Can this be true?

"Once we stepped inside, I asked the Turkish prime minister if he knew how to play backgammon, and he told me that he did. In that case, let's have a game, I suggested. He agreed and we started to play. I beat him. OK, it was obvious that he let me win. But I could tell he was a first rate backgammon player, so I said to him, 'OK, let's play for real this time'. And he agreed. But I know he was still letting me win. He made a block where he shouldn't have done, and didn't take pieces where he should have. But I wanted to win against a man who was playing properly and that was why the match went on so long... Then..."

I turned the TV off.

I think everyone else did the same.

* *An Aegean folk dance*

*Radical Niyazi Bey*
is available in talking book format in
Turkish and in English

Other titles in this series of dual language
Turkish–English short story collections
and talking books:

*A Summer Full of Love* Füruzan
*Fourth Company* Rıfat Ilgaz
*Out of the Way! Socialism's Coming!* Aziz Nesin
*A Cup of Turkish Coffee* Buket Uzuner

\* \* \* \* \* \* \* \* \* \*

Bu kitabın Türkçe ve İngilizce
Kasetleri mevcuttur

Dizide bulunan diğer kitap ve kasetler:
*Sevda Dolu Bir Yaz* Füruzan
*Dördüncü Bölük* Rıfat Ilgaz
*Sosyalizm Geliyor Savulun* Aziz Nesin
*Bir Fincan Kahve* Buket Uzuner